LOVE台湾

どうもありがとう
ございます。

夜光花

2021.8

烈火的血族

夜光花
繪圖 奈良千春

CONTENTS

烈火的血族

1 人體實驗

我叫做羅傑・鮑德溫，直到五年前都還是大醫院的醫師。

自從五年前不慎發生醫療疏失後，我的人生就開始失控了。當時，我因為連日超時工作而精疲力盡，才會不小心把手術器具遺留在患者體內，犯下這種不該發生的失誤。無論之前拯救了多少位患者，我依然因為一次的醫療疏失，被大醫院趕了出來。而且也沒有一家醫院願意雇用，被貼上「醫療疏失」標籤的我，從此以後每天都過著遭家人與親戚鄙視的日子。

雖然也可以選擇從事其他職業來養家活口，但我就是堅持要當醫師。從小自己就是光榮的鮑德溫家族一分子，我無法想像領低薪過活的人生。於是，妻子跟我離婚，等到積蓄花光後，孩子們也離我而去。

就在生活陷入困頓之際，對我伸出援手的是同族的中年男子——山繆。我跟山繆之前並無往來，也不曾在親戚的聚會上見過面。

某天，山繆突然造訪我家，對我這麼說。

「羅傑，我信任你的醫術，想要雇用你。」

山繆身上穿戴的服裝與飾品全都是高級貨，看得出來他的手頭相當寬綽。

山繆說，他一直在找技術很好的醫師。由於他提供的報酬比在大醫院任職時的薪水還多，走投無路的我二話不說便接下這份工作。

我在山繆的邀請下，前往建於杳無人煙之處的研究所。這棟建築物警備森嚴，出入都要接受持槍警衛的檢查。抵達研究所後，我被帶到了地下室。

「羅傑，這裡發生的任何事，全都不准洩漏出去。」山繆臉上掛著笑容，一再叮囑我。

在他將受試者送來之前，我並不曉得自己要做什麼。如果知道他要幹出這種喪心病狂的事，我應該會回絕這份工作吧。我可以對天發誓。我雖然犯下了醫療疏失，但本性真的很善良。

「好了，開始工作吧。」

山繆將受試者送到位於地下的手術室。我拿出病歷，核對躺在手術臺上的受試者。那是個膚白如雪的十歲男孩。其他的醫療人員彷彿戴上了面具一般，面無表情地著手幫男孩麻醉，進行手術的準備。

「我要你將這顆石頭，埋進這名少年的心臟。」

山繆拿出一顆直徑約七公分，閃爍著七彩光芒的石頭。我聽不懂這句話的意思。

「你在說什麼……？」我輪流看著石頭與山繆，露出僵硬的笑容。

山繆叫我把石頭埋進少年的心臟。不消說，要是做了這種手術，少年一定會死吧。將異物埋進心臟，絕對會引發排斥反應。

「羅傑，你已經無法離開這裡了。除非實驗成功。」山繆這麼說，臉上沒有一絲笑意。

原來我真的沒聽錯。山繆不知道在想什麼，居然叫我把石頭埋進活人體內。我告訴他，自己不可能動這種手術，並打算離開這個地方。豈料下一刻，山繆就掏出手槍對著我。

「是嗎？既然如此，你已經沒有用處了。」

山繆的眼神是認真的。我覺得自己有生命危險，無可奈何之下只能聽從指示。躺在手術臺上的少年臉蛋還很稚幼。幸好送過來的時候他就沒有意識了。

於是我將那顆石頭，埋進了活人的心臟。

手術結束後，我隨即被帶到另一個位在地下的房間。房間上了鎖，裡面沒有窗戶，給人一股封閉感。從這天起我便開始過著只能往返這個房間與手術室的生活，不過當時的我還很有骨氣，總想著要乘隙逃出這裡。

第二天，那名少年死了。

心臟對石頭產生排斥反應，少年劇烈痙攣後就這麼斷了氣。那顆散發七彩光芒的石子並不是普通的石頭。事後解剖遺體時我才發現，那顆七彩石竟沾黏在心臟上。明明是礦物，卻像活物一樣改變形狀附著在心臟上。

「這顆石頭究竟是……？難道是魔法石嗎？」

取出屍體裡的石頭後，我如此詢問山繆。那顆石子一取出來，就再度變回原本的形狀。

魔法石是能發動魔法的礦物，在這個國家無人不知無人不曉。能從礦山開採出來的魔法石數量極為稀少，因此十分貴重，效果則依顏色而異。一般常見的有紅色、白色、藍色、黃色、黑色，但眼前這顆石頭卻是前所未見的彩虹色。

「這不是單純的魔法石。它可是賢者之石喔。」山繆著迷地注視著那顆七彩石。

賢者之石——那是中世紀歐洲的鍊金術師夢寐以求的祕寶。這種石頭有著各種啟人疑竇的傳說，例如能把普通石頭變成黃金，或是可讓人長生不老等等。我以為山繆在開玩笑，但不得不承認這顆石頭確實很神奇。

「我會再準備下一名受試者給你。」山繆一邊說，一邊將散發七彩光芒的石子收進玻璃盒。

我只能向上天祈禱了。自己原本從事的是救命工作，為什麼現在卻被迫成為殺人幫凶？雖說犯下醫療疏失，但我可沒害死患者啊。早知道要做這種事，我就不會聽信山繆的花言巧語。咒罵自己愚蠢的同時，我也後悔不已。

兩週後，山繆送來了另一名受試者。

這次是一名身材瘦弱的七歲少女。少女跟上次的少年一樣，全身的色素偏淺，頭髮是帶點金色的白色。

我再次拒絕山繆，但他拿槍威脅我，逼得我只能不情不願地進行第二場手術。

少女存活了三天左右，最後依舊發生排斥反應而死亡。

「山繆，請讓我回家。」被迫參與人體實驗的恐懼與悔恨，使得我哭著懇求山繆。我拚命向他保證，絕對不會洩漏在這裡看到、聽到的一切。但是，山繆不相信我。我不斷找機會試圖逃出去，可是每次都被走廊或出口的警衛逮住。除了動手術以外，其他時候我都被銬上手銬腳鐐，這樣的監禁狀態持續了很長一段時間。

由於關在沒有窗戶的建築物裡，我逐漸搞不清楚目前的季節，時間感也開始錯亂。起初我還抱著一絲期待，以為前妻或孩子們或許會來找我，但這點期待也隨著時間煙消雲散。

我在這間研究所，過了大約一年的監禁生活。

這段期間進行了十場人體實驗，我忙著處理一具又一具的屍體。山繆不知從哪兒帶來這些受試者，當中有才幾個月大的嬰兒，最大則是十歲左右的兒童。想必他是用不正當的手段送來這些孩子的。從第五場手術以後，我就喪失感情，只是機械地完成作業。

所以，當那個孩子送來時，我同樣抱著「反正最後還是會死吧」的冷漠態度。

話說回來，做出這種惡魔般的行徑，山繆到底在想什麼呢？

冷靜完成手術的第二天，那個孩子的生命徵象很穩定。

我抱著些微希望，但也告誡自己不要期望過高。之前也有孩子撐了三天左右，但最後依然發生排斥反應而死亡。

過了三天、五天、一週之後，我驚訝地診察那個孩子。

心臟分明埋入了石頭，那個孩子居然還活著。不僅沒有心雜音，呼吸也很正常，完全沒有不適的症狀。

「終於成功了！」

山繆隔著玻璃望著那個孩子，情緒頗為激動。由於孩子仍待在無菌室裡，意識也尚未恢復，現在就斷定成功為時尚早，不過這已經是很大的進步了。

「啊啊，他是那一族最後一個孩子！這誠然是上天的巧妙安排——總算達成其中一項條件了……!!」

山繆過於興奮，吶喊到破音。雖然聽不懂他在說什麼，總之自己的任務終於結束了，我鬆了一口氣。

為何那個孩子沒發生排斥反應呢？這實在很不可思議。

病歷上寫著「瑪荷洛」這個名字，現在是五歲十個月。山繆帶來的受試者全是色素偏淺的孩子，其中這個孩子更是全身雪白。頭髮是純白色的，睫毛也是白色的。若說他是妖精，我甚至會點頭認同，覺得也許真是如此。

「哎呀……？」

進入無菌室，正在為少年檢查生命徵象的我皺起眉頭。

因為少年——瑪荷洛坐了起來，圓滾滾的大眼睛看向白色牆壁。彷彿那裡有什麼似的。

「導師……我沒事。我會解開那道鎖。」

瑪荷洛宛如作夢一般，對著牆壁說話。我聽不懂這句話的意思，心裡覺得毛毛的，於是探頭察看瑪荷洛。

「我是勒克斯……的、一族的……必須防止滅種……」

瑪荷洛露出空洞的眼神嘀嘀咕咕、喃喃自語。不久他閉上沉重的眼皮，癱倒在床上。呼吸很平順。看樣子是睡著了。

山繆究竟要如何利用這個孩子呢？

望向睡著的瑪荷洛，我不禁同情起他來。想必瑪荷洛沒希望過正常的生活了。山繆想利用這個孩子去做某件事，但我不願去思考他想做什麼。我已是墮落地獄之人。害死了十名無辜的孩子，今後大概再也沒辦法踏上外面的土地吧。

我的人生究竟是哪一步走錯了呢？為什麼沒發現，家族裡竟然存在著如此可怕的男人呢？

既沒勇氣自殺，也沒能力逃出去的我，這輩子只能在這間研究所裡度過了吧。

我不禁向上天祈禱，最起碼要讓這名存活下來的少年能夠得到幸福。

2 羅恩軍官學校

從小我偶爾會看見如光漩渦一般的東西。

那個東西總是緩慢地靠近我，散發溫暖的柔光。很久以前我就覺得，那團光是對自己而言很重要的某個人。因為我聽到了聲音。

『瑪荷洛，打開那道門。』每次一定會聽到，那團光傳來的這句話。

『打開那道門，是你的使命。』那聲音一再這麼說，光芒也隨之逐漸消失。

我嘗試觸碰那團光，或是跟它說話，但那團光並沒有任何反應。

我詢問其他人是否同樣看得到那團光，但大家都表示沒看過這種東西。那團光到底是什麼呢？

將來會有得知答案的那一天嗎——

這座島四面都是懸崖峭壁。唯一能夠上岸的地方架設著棧橋，不過持槍的士兵就站在那裡嚴密監視，嚴格管控進出這座島的人。

（好像一座巨大的要塞喔……）

瑪荷洛下船站在棧橋上，在眼神銳利的士兵俯視下，懷著膽怯的心情拖著行李箱邁開步伐。與瑪荷洛同齡的青年們同樣下了船。等距排成一列的他們跟瑪荷洛不同，全都自信大方地走在士兵面前。儘管年紀相仿，但這些青年的體格都很健壯，個子嬌小只有一百五十公分的瑪荷洛在隊伍當中顯得格格不入。

棧橋的終點，有身穿軍服的士兵向每個人收取文件進行身分查核。

輪到瑪荷洛後，他將文件遞給士兵。這份文件就是羅恩軍官學校的入學許可證。一個月前他參加了羅恩軍官學校的測驗，順利獲准入學。

（沒想到我竟然能來到這麼了不起的地方。）

瑪荷洛一點真實感也沒有，趁著士兵查核文件的期間東張西望。

在杜蘭德王國，年滿十八歲的國民有義務就讀軍官學校。他們必須進入其中一所位於主要都市的軍官學校，花四年的時間學習有關國防的知識與技術。當中最與眾不同的軍官學校，就是位在這座克里姆森島上的羅恩軍官學校。為什麼要建在本土之外的離島上呢？原因跟杜蘭德王國自古傳承下來的特殊力量——魔法有關。

杜蘭德王國存在著合稱五大世家的傑出貴族，分別是聖約翰家、愛因茲沃斯家、拉瑟福家、杰曼里德家，以及鮑德溫家。

這五個家族擁有特殊的血統。他們能生出具備特殊魔法迴路的人，使用該家族傳承下來的魔法。國家規定具備魔法迴路的人，全都必須就讀羅恩軍官學校。換言之，羅恩軍官學校是教導魔法的學校——是扛起這個國家的五大世家子弟所就讀的特殊學校。

生於這個國家的每個人，都有義務在出生後一週內接受檢查，以判斷是否具備魔法迴路。若判定具備魔法迴路，就會獲得國家頒發的證明書。由於擁有五大世家的血統卻不具備魔法迴路的人不在少數，是否具備魔法迴路也攸關在家族中的地位。

原本只有五大世家的族人具備魔法迴路，但無論哪個家族都沒辦法永遠維持與血親通婚的做法。家族當中不乏沉迷於一夜情或是自由談戀愛的人，如此一來血統自然會淡化，但五大世家以外的家族也因此有極低的機率誕生出具備魔法迴路的人。為了將這些孩子一個不漏地挑出來，出生後才要進行檢查，而具備魔法迴路的孩子年滿十八歲，就會被送進羅恩軍官學校。

他們在羅恩軍官學校不只學魔法，也學習兵法。羅恩軍官學校堪稱是只要能從這裡畢業，必定會有大好未來的精英學校。

據說全世界只有杜蘭德王國，存在著能夠使用魔法的人。也有人說，杜蘭德王國能在諸多鄰近大國的環伺下倖免於侵略，都要歸功於魔法。

（嗯……不擅長爭鬥的我，有辦法在軍官學校生存下去嗎……）

瑪荷洛心不在焉地看著排成一列前進的螞蟻，覺得有些忐忑不安。

「你擋到我了。」

背後有人「咚」的一聲撞到瑪荷洛的行李箱，害他往前踉蹌一下。好險、好險，幸好沒踩死螞蟻。

「對不……」瑪荷洛邊說邊回頭看向撞到他的學生，結果發現對方凶巴巴地瞪著他。站在他身後的是，穿著打扮就是貴族的金髮青年。金髮青年將文件遞給士兵，用「你有什麼意見嗎」的眼神俯視著瑪荷洛。

瑪荷洛畏怯地縮起脖子。不知為何，他很容易被這種擺架子耍威風的傢伙盯上。得小心一點才行。

「你好！你是新生嗎？」

總之先以開朗的聲調打招呼。這是瑪荷洛學到的處世之道。果不其然，金髮青年隨即別過頭，好像有點被瑪荷洛嚇到。

「你不也是新生嗎？」金髮青年冷淡地說，收下士兵遞回的文件。

先交出文件的人分明是瑪荷洛，但金髮青年的文件似乎查核得比較快，收下文件後他就趕緊離開了。

（早知道就問他叫什麼名字了。算了，沒關係。從今天起，我得加油才行！）

他必須在羅恩軍官學校有所長進，以回報將自己送來這裡的鮑德溫家家主山繆。除此之外，瑪荷洛還有另一個目的：為了自己敬愛的齊格飛。

為了他，瑪荷洛在這裡有非做不可的事。

「文件確認無誤。歡迎來到羅恩軍官學校。」

士兵終於看完所有文件，向瑪荷洛敬禮。瑪荷洛拖著行李箱，從身穿紅色制服頭戴黑帽的士兵旁邊通過。

前方看得到蜿蜒傾斜的石板路、大型噴水池，以及位在遠處的那片磚造建築物。這個國家最有名的學校——羅恩軍官學校，就建在這片遼闊土地的山崗上。

終於來到這裡了。瑪荷洛心中感觸良多。

瑪荷洛是在六歲那年被接回山繆．鮑德溫的宅邸。家主山繆說，瑪荷洛擁有鮑德溫家族的血統，山繆一直在尋找他的下落。據說瑪荷洛的雙親意外身亡後，因為沒有人願意收留他，便將他送進了孤兒院。瑪荷洛完全沒有被鮑德溫家收留前的記憶，無論是雙親的事，還是雙親去世時的情形，他全都不記得。

收留瑪荷洛的是擁有廣大領地的鮑德溫家。宅邸裡住著家主山繆・鮑德溫與他的妻子瑪格麗特，以及兩人的獨生子、大瑪荷洛三歲的齊格飛。瑪荷洛最初的記憶，便是管家牽著他的小手，頭一次與這三個人打招呼當天的情景。

搶在中等身材的山繆夫妻之前，先向瑪荷洛伸出手的那個人，是九歲的齊格飛。

「你好呀，瑪荷洛。叫我齊格就可以了。」

齊格飛是個黑髮藍眼、散發理性與知性氣質的少年。他有著白皙的膚色、直挺的鼻梁、修長的手腳，以及看透一切般充滿神祕感的眼眸。齊格飛對著還搞不清楚狀況、呆呆愣愣的瑪荷洛露出微笑，握住他的手。

「從今天開始你要為我而活喔。你要聽我的話，只服從我一個人。」齊格飛用溫柔但不容反駁的語氣，這麼告訴瑪荷洛。

瑪荷洛聽山繆說，當初是齊格飛拜託他收留自己，因此從那天起，瑪荷洛就決定要為齊格飛而活。他待在齊格飛的身邊，並且向齊格飛的家庭教師學習學問。對沒有親人的瑪荷洛而言，這樣的環境相當美好。雖然父母雙亡，但山繆與瑪格麗特都待瑪荷洛很親切。

瑪荷洛覺得自己很幸運，很感謝他們。

生於名門世家的齊格飛，是個無愧於血統的全能少年。別人說的話，他只聽一次就能全部記下來，還會講好幾個國家的語言，藝術方面的表現也很出色。只要是為了鮑德溫家，瑪荷洛願意做任何事，他對齊格飛更是盡心盡力。

齊格飛滿十八歲後，便進入羅恩軍官學校就讀。

羅恩軍官學校是四年制軍校，專門給擁有魔法迴路的人就讀。領土形狀宛如展翅之鳥的杜蘭德王國，是由歷代的王族所統治，目前掌握實權的是七十歲的維多莉亞女王。王族並不具有魔法迴路，但聽說他們具備王族獨有的特殊能力。

富裕的杜蘭德王國自古就遭受鄰近諸國的覬覦，而阻止這些國家入侵的正是魔法，這是具備五大世家血統之人才擁有的神奇力量。為了保護國家，具備魔法迴路的五大世家子弟一定要就讀羅恩軍官學校，發誓愛國並且效忠國家。因此五大世家的人自羅恩軍官學校畢業後，大多在軍中擔任要職，或是從事保護王家的工作。當中也有極少數人選擇從事毫無關聯的工作，不過緊急時刻一定要接受徵召。

齊格飛既是鮑德溫家的少爺，又具備魔法迴路，所以通過測驗後便獲准入學。

羅恩軍官學校採全住宿制，入學後不得離開學校，只有暑假與寒假例外。

「可愛的瑪荷洛，我們會有一陣子見不到面了，你要保重喔。」離別時，齊格飛抱緊瑪荷洛這麼說。

然而三年後，齊格飛的身影卻從學校消失了。

不知道這種情況能不能稱為失蹤。因為齊格飛是自行辦理退學手續的，而且也有紀錄顯示他已離開這座島。但是，他不可能在完全沒告知家人與瑪荷洛情況下，消失得無影無蹤。雖然山繆一直在搜索齊格飛的下落，卻沒得到有關他退學之後的任何消息。

「齊格飛肯定是在那所學校裡出了什麼事。瑪荷洛，你去打探線索吧。」

某天，山繆提出這項要求，瑪荷洛點頭答應了他。瑪荷洛身上流著鮑德溫家的血，因此他也具備魔法迴路。儘管瑪荷洛本人不記得了，不過他確實擁有具備魔法迴路者才能獲得的證明書。

「你去羅恩軍官學校學習如何使用魔法，並且探查齊格飛的行蹤。」山繆這般吩咐道。

雖然瑪荷洛不曾接觸過魔法，但他認為現在正是自己派上用場的時候。

羅恩軍官學校的入學測驗，是要確認當事者是否仍具備魔法迴路，以及檢測他的基礎能力。瑪荷洛雖然擁有證明他是五大世家血統者的魔法迴路證明書，但他仍舊必須證明自己目前依然具備魔法迴路，這是因為有些人的魔法迴路會隨著成長而關閉。話雖如此，瑪荷洛不曾使用過魔法，很擔心無法通過測驗。

鮑德溫家能夠駕馭的魔法為土魔法。據說只要經過鍛鍊，就能引發地鳴、造出泥人。五大世家的貴族，獲准在自家用地內教導族人魔法。不過，其他人禁止私自使用魔法。杜蘭德王國有一支名為魔法團的部隊，成員全是魔法師，平常負責取締擅自使用魔法的人。使用魔法一定會留下痕跡，所以沒辦法裝傻蒙混。魔法只能用來保護國家，除非是魔法團的成員，否則不得擅自使用。因此，魔法指南書是由國家統一管理，一般民眾是看不到的。

（測驗要考什麼呢？我好擔心啊。要是沒通過應該會惹山繆老爺生氣吧……）

平常很和藹可親的山繆，偶爾生氣時會用鞭子痛打傭人一頓。想像自己遭到鞭打的情景，便教瑪荷洛忍不住發抖。

「下一位請上前。」

測驗當天，聽見考官叫到自己的名字，瑪荷洛便緊張地走到坐成一排的考官面前。魔法的實技測驗是在寬敞的大廳裡舉行，聽說許多有名的魔法師也來到現場。瑪荷洛不認識這些人，不過他聽到其他考生竊竊私語：『那位就是羅恩軍官學校的校長喔！』被勾起興趣的瑪荷洛也望了過去，但那裡坐著幾名男性與年輕女性，他搞不清楚誰才是校長。

「請、請多指教！」

瑪荷洛在考官面前深深一鞠躬。表情可怕、沒有半點笑容的男人端來一個鋁盤，鋁盤上放著一顆黑色石頭。

「你是鮑德溫家的人吧。那麼，請你握住那顆石頭。」在考官的指示下，瑪荷洛一頭霧水地抓住石頭。

下一刻，考官們紛紛瞪大眼睛，發出「哦哦……」的驚嘆聲。瑪荷洛疑惑地看著諸位考官。因為他握住石頭後並無特別的變化，也完全沒發動像是魔法的玩意兒。原以為這樣應該是失敗了吧，沒想到考官們的眼神都變得不一樣了。

「精靈的數量好驚人。」

「簡直前所未見，好了不起的才能。」

考官七嘴八舌地說，但因為瑪荷洛什麼也沒看見，他不禁懷疑他們該不會是聯合起來哄騙自己吧。

「你叫瑪荷洛・鮑德溫，是吧？我記住你了。石頭可以放回去了。」坐在中央、有著一頭黑色長髮的年輕女性，比對了文件與瑪荷洛本人後微笑道。瑪荷洛覺得莫名其妙，但仍乖乖聽從指示放下石頭。

「你可以離開了。」在另一名考官的催促下，瑪荷洛帶著滿頭問號離開測驗會場。

幾天後，他就收到通過羅恩軍官學校入學測驗的通知。

雖然不曉得當時考官看到了什麼，總之瑪荷洛獲准進入羅恩軍官學校就讀。山繆叮囑瑪荷洛謹慎行事，瑪荷洛便向他保證，自己一定會找出齊格飛失蹤的原因。

到學校上課，是瑪荷洛從未有過的體驗。滿懷使命感的同時，瑪荷洛也對即將展開的新生活感到期待與興奮。

拖著行李箱在漫長的石板路上走著走著，瑪荷洛發現前方有名青年同樣拖著行李箱。是搭乘同一艘船來到這座島——克里姆森島的新生。羅恩軍官學校的學生多為貴族，不過抵達這座島後，無論貴族還是平民待遇全都一樣。平常搭乘馬車移動的人，在這裡也只能自己提著行李徒步前進。

今天是八月的最後一天，陽光依舊毒辣，晒得人都冒汗了。由於明天九月一日是開學日，大家似乎都趕在前一日的今天來到這裡。

話說回來，這裡的警備真是森嚴。瑪荷洛仔細觀察四周。

羅恩軍官學校建在四面環海的孤島上。克里姆森島位在本土的西方，兩者相距一百一十公里，島內有大片森林與湖泊，也有可進行模擬槍戰的演習場。

這座島十分神祕，面積與標高等資料並不對外公開。有傳聞說，島的東邊住著被稱為森人的部族，但坊間幾乎看不到有關森人的資料，瑪荷洛認為他們應該是島上的原住民吧。

調查羅恩軍官學校的相關資訊時發現，有人揶揄那裡是一座要塞、是個充滿祕密的地方，而剛才在前往克里姆森島的船上，瑪荷洛就目睹了軍人清查所有乘客的景象，讓他覺得這種說法不無道理。

國家針對羅恩軍官學校的相關資訊實施了言論管制。因此雖然大家都知道那是一所精英學校、魔法學校，但具體來說那裡是學什麼的、教什麼的這類詳細資訊卻鮮為人知。

確定入學後，瑪荷洛才得知在羅恩軍官學校，前三年用來學習魔法的理論以及實際操作，最後一年則以現場實習之名義要求學生進入軍隊。如果中途退學，就會被列為觀察對象，受到軍方的監控。所以齊格飛的失蹤，對軍方而言也是非同小可的事。軍人也數度造訪鮑德溫家，質問他們是否藏匿齊格飛。

瑪荷洛他們才想知道齊格飛人在哪裡呢。

（接下來要在這裡待上四年……）

在和緩的上坡走了約十五分鐘後，磚造建築物逐漸逼近眼前。那就是校舍了。這座古老建築呈匚字形，正中央有座鐘塔，爬牆虎覆蓋在牆面上。爬上山崗後，可在校舍的右邊看到幾棟建築物。

校舍的前方豎立著導覽看板。面向校舍的右邊，是經由連接走廊與校舍相接的禮堂與聖堂，更後面就是學生宿舍。面向校舍的左邊是圖書館，更後面則是教員宿舍。

拖著行李箱的年輕人，一個接著一個走向學生宿舍。

繞了校舍一圈，眼前出現一棟長條形的三層樓石造建築。那就是從今以後要居住的宿舍吧。正門前面站著幾名職員。新生紛紛排隊，亮出自己的入學許可證。

「你是D棟二〇三號室。記得查看門牌喔！」輪到瑪荷洛後，戴著眼鏡、身材豐腴的中年女性遞出導覽手冊並這麼說。

導覽手冊裡有校內導覽圖與用地內的導覽圖。學生能自由使用的只有宿舍、校舍及圖書館等學校的相關設施，其他地方基本上必須獲得許可才能進入。注意事項還提到，不要隨意進入演習場，因為裡面有可能正在進行真槍實彈的模擬戰。至於傳聞中，森人所在的島另一邊則完全沒有提及。

瑪荷洛努力背著導覽圖，記下各個設施位在何處。今天很熱，腦袋昏昏沉沉的。瑪荷洛很怕熱。要是在大太陽底下站上一個小時，他很快就會昏倒。

（唔唔……好熱，頭腦沒辦法運作。）

正當瑪荷洛一邊擦汗一邊察看手冊時，有人從後方拍了一下他的肩膀。

「同學，你住二〇三號室對吧？跟我一樣。我叫札克・柯岡，請多指教。」

回頭一看，站在身後的是個臉上有雀斑、頭髮亂蓬蓬的嬌小青年。既然房號相同，這就表示他是共用同一間寢室的室友。札克那張晒黑的臉上掛著爽朗的笑容，一隻手伸了出來。瑪荷洛緊張地握住那隻手。

「幸會，我是瑪荷洛・鮑德溫，還請你多多指教。」

「你好拘謹喔，講話別那麼客氣啦。既然來自鮑德溫家，你應該是貴族吧？哎呀～本來還擔心同寢室的不知道是怎樣的人，幸好室友是你。你看，我不是很瘦小嗎，要是碰上肌肉男就輸定了吧？沒想到還有人個頭比我小，真是萬幸！」

見札克笑得爽快，瑪荷洛面露苦笑。

「就是啊……這裡根本是巨人的帝國……另外，我算不上貴族啦，只是鮑德溫家最底層的人……地位低到我都不好意思報上姓氏了。」瑪荷洛感慨地說。

周遭的男性全都身材魁梧，他覺得自己在當中頗為格格不入。他雖然已經十八歲了，但身材嬌小，也沒體力。住在鮑德溫家時，別人也常取笑他「你不僅遲鈍，還一點都沒長大耶」。

「這樣啊？那我就放心了。你看起來呆呆的呢。哎呀，我覺得這樣比較好。與其遇到可怕的室友，我更滿意這個安排。話說回來，瑪荷洛這個名字真奇特呢。而且你雖然一頭金髮，眼睛卻是黑色的。頭髮有染過嗎？而且你好白喔，白得引人注目呢～」

聽到札克這麼問，瑪荷洛紅著臉點頭。瑪荷洛向來都會定期染頭髮。因為不染的話就是一頭白髮，很引人注目。瑪荷洛的頭髮原本就是純白色，皮膚同樣很白皙，眼睫毛也是白色，全身的色素偏淺。明明已經十八歲了，容貌卻還很稚嫩，讓他有些自卑。

「我好像不太能晒太陽，如果長時間待在太陽底下就會昏倒。真羨慕你呢。」

瑪荷洛這般回答後，有著小麥色肌膚的札克便嘆氣抱怨，他在海邊做日光浴時，不小心留下了手錶痕跡。札克的個性很爽朗，看來應該能夠好好相處。室友是個可以輕鬆交談的對象，自己真是走運。

「既然出現在這裡，就表示札克你也是五大世家的人囉？其實我對這方面的事不太清楚。」

「我本身是平民啦。當初是收到文件通知，才會來考這所軍官學校。看樣子我好像跟愛因茲沃斯家有很遠的血緣關係。」札克自豪地挺起胸膛。愛因茲沃斯家是駕馭水魔法的家族。

「這裡很了不起對吧。沒想到我真的能入學。昨晚太興奮，結果完全睡不著。」札克仰望校舍這麼說。

——突然間，現場響起宏亮的鐘聲。

「哇！」

瑪荷洛嚇了一跳，連忙摀住耳朵。鐘塔上的那口鐘正在通知眾人已經十二點了。鐘聲大到足以響徹整座島。

「快點進去吧。」札克加快腳步說道。

瑪荷洛他們要住的宿舍是三層樓的石造建築，外觀看起來就像飯店一般華美。從正面看是長條形建築，不過實際上宿舍呈口字形，圍繞著百花齊放的中庭。宿舍分成A、B、C、D四棟，出入口只有兩處，分別位在靠近校舍的A棟與B棟之間，與靠近湖泊的C棟與D棟之間。穿過玄關拱門，便看到一旁擺著棲木，上頭停著一隻貓頭鷹。貓頭鷹睜著大眼睛直盯著瑪荷洛與札克。

「好可愛～呃，好痛！」

札克本想摸貓頭鷹，結果手指反被狠狠啄了一下。他的手指差點就受傷了。看樣子這隻貓頭鷹的個性很凶悍。

往裡面走便是櫃檯與大廳，螺旋樓梯則連接樓上的走廊。根據導覽圖的說明，宿舍一樓有餐廳、娛樂廳、交誼廳、浴室、休閒廳。一、二年級生的寢室在二樓，三、四年級生則住三樓。

「你知道白金套房嗎？」辦理入住手續的期間，札克附耳問道。

「白金套房？」

「聽說升上三年級後，綜合成績最優秀的三名學生能住進特殊的房間。白金套房是個人房，衛浴設備一應俱全。能夠入住白金套房的學生還享有各種特權，而且也不必在意門禁。」

札克知道瑪荷洛不曉得的資訊。瑪荷洛他們的門禁時間是七點，如果沒在七點之前回到宿舍就得接受懲罰。廁所與浴室也都是共用的，而且兩者都有指定的使用時段。

「你知道得真多耶。」瑪荷洛欽佩地說。

「剛才跟船長混熟後，我向他打聽來的。」

看來札克已在發揮他不怕生的個性蒐集起資訊了。瑪荷洛對札克投以尊敬的目光。雖然瑪荷洛對於調查齊格飛的事充滿幹勁，但他不知道該怎麼調查才好。如果向札克學習，採取同樣的行動，是不是就能達成這個目的呢？

辦完手續後，瑪荷洛他們前往D棟。D棟位在距離校舍最遠的地方。由於格局全都一樣，他們經過大廳，爬上螺旋樓梯，找到二〇三號室。門牌上寫著瑪荷洛與札克的名字。

「今天起就要展開新生活啦！」札克打開房門，歡快地大聲說道。瑪荷洛雖被他的情緒感染，跟著露出笑容，但同時也繃緊了神經，邁步走進房內。

3 入學典禮

將手套進黑底加上裝飾的制服袖子後，瑪荷洛在鏡子前嘆了口氣。

顯現身體線條的外套上縫著一排金色鈕釦，直筒褲與黑色綁帶靴也都是配給品，只要在這件制服上套一件黑色大衣就能當作正式服裝。今天要參加入學典禮，所以必須穿著正式服裝才行，但這套制服實在很像軍服，非常不適合瑪荷洛。

「唔哇——總覺得自己糟蹋了這套衣服耶！」

跟瑪荷洛一樣不適合這套制服的札克擺了擺大衣笑道。黑色大衣的內裡是深紅色的，略微露出來的話看起來很帥氣。若是給個子高，體格也很壯碩的人穿應該很合適吧，但穿在稚氣未脫的瑪荷洛他們身上就不搭調了。

「穿這樣參加學習成果發表會好像還比較合理一點。」瑪荷洛在鏡子前垂頭喪氣地說。

瑪荷洛入住的宿舍寢室裡，有一張雙層床、兩張書桌以及兩個衣櫥。兩人的行李搬進去後房間就變得很擁擠了，讓人不禁羨慕能住個人房的優秀學生。

「瑪荷洛，到了畢業的時候，這套制服一定會很適合我們的！」札克開朗地豎起大拇指。

跟札克聊了一整晚後，兩人已變得很熟稔了。瑪荷洛與他交到的第一個朋友札克一同發誓，要在這所學校力爭上游。

「——差不多該走了吧？」入學典禮就快開始了，於是瑪荷洛這麼問。

「說得也是。走吧！」

來到走廊上，可以看到同樣穿著制服的學生們魚貫前往禮堂的身影。昨天在房裡卸下行李後，瑪荷洛就跟札克一起在宿舍與校舍內到處探險。由於昨天也是暑假的最後一天，到了傍晚高年級生陸續返回宿舍。畢竟這是精英學校，每個人看起來都很優秀，這讓瑪荷洛心裡很不安。

「位在最底層果然有很多不方便之處呢。」札克仔細地看著以防萬一而帶在身上的導覽手冊，語帶不滿地說。

這裡是個重視階級的垂直社會，新生就連洗澡都得照順序來。五點過後高年級生隨時都可以使用浴室，但新生只能等到八點以後才可以洗澡。由於熄燈時間是十點，低年級生每天都得匆匆忙忙地洗澡。娛樂廳與交誼廳也一樣，年級越高越能自由使用這些設施。

「大家都在禮堂集合了呢。」

校舍南邊有可容納所有學生的禮堂，入學典禮就在那裡舉行。聽說扣掉在軍中實習的四年級生不算的話，目前的學生人數約有八十七人。通過入學測驗的人數每年都不一樣，今年的一年級生有三十二人。

經過迴廊進入禮堂後，瑪荷洛感動地環視建築物內部。牆壁與天花板繪著以聖母為主題、光彩奪目的壁畫，舞臺上方則有精緻的浮雕裝飾。禮堂的旁邊就是聖堂，聽說裡面也有神父。

（好壯觀啊……齊格少爺也是在這裡參加入學典禮呢。）

能夠在這種極富盛名的學校禮堂參加入學典禮，真教瑪荷洛心潮澎湃。

「瑪荷洛，你怎麼了？快點走吧。」

瑪荷洛被札克拉著，邊走邊分心察看各種事物。

（今天的事，我會記得一輩子的。）

瑪荷洛心懷感謝，加入新生的行列。

禮堂內部採哥德式風格，以舞臺為起點呈半圓形格局。一樓的椅子給新生坐，二樓的座位則給高年級生坐。瑪荷洛與札克坐在一樓後排的座位上。椅子逐漸坐滿，閒聊聲也越來越嘈雜。尤其是二樓的高年級生，有些人興致勃勃地望著新生，偶爾還爆出哄然大笑。

瑪荷洛很緊張，臉部肌肉僵硬起來。

教師與職員陸續走上舞臺。就在這時，瑪荷洛感覺到來自某處的視線。

（咦……？）

他慌張地左顧右盼。是錯覺嗎？剛才好像有人緊盯著自己……

「別再聊天了，典禮要開始囉！」

一名貌似教師的白髮女子，拿著麥克風從側臺現身。她的頭髮是雪白色的，長相卻很年輕。這名女子身披斗篷頭戴寬簷帽，打扮得就像一位魔法師，她一出現，二樓座位就傳來指哨聲與歡呼聲。她應該是很受歡迎的教師吧。白髮女子面帶笑容揮手，站到舞臺中央後，她向新生拋出飛吻。

看到她的臉孔，瑪荷洛隨即想了起來。她是入學測驗的其中一位考官。當時的她分明是黑髮，現在卻是白髮。瑪荷洛頓時產生興趣，將身子往前探。

「恭喜各位進入本校！我是校長戴安娜・杰曼里德。這是我送給各位的賀禮。」

話一說完，戴安娜就從斗篷底下拿出法杖，對著空氣寫了幾個字。隨後就颳起一陣風，大量的粉紅色花瓣在瑪荷洛他們的上方盤旋飛舞。瑪荷洛吃了一驚，抓住飄落在掌心上的花瓣。這麼多的花瓣是從哪兒冒出來的呀——這就是所謂的魔法。新生紛紛發出驚呼，現場登時一片喧鬧。初次見識到的高等魔法，看得眾人眼睛都亮了起來。

杰曼里德家是駕馭雷魔法的家族，不過只要透過學習，就能夠像這樣使用其他屬性的魔法。

戴安娜面帶笑容繼續揮動法杖。只見花瓣聚集在上空，陸續形成一朵朵的花。這些花最後變成玫瑰，隨著戴安娜的動作落入新生的胸袋裡。這個人外表看起來很年輕，沒想到她居然是這所學校的校長。

「好厲害、好厲害喔！」札克開心地跳起來拍手叫好。對了，昨晚睡在上鋪的札克好像說過，他很期待學習魔法。

「這裡的校長是這個國家的四賢者之一，也是實力強大的魔法師喔！」藏不住興奮之情的札克湊到瑪荷洛的耳邊這麼說。見札克似乎很寶貝地注視著插在胸袋裡的玫瑰，瑪荷洛不禁露出微笑。

入學典禮以出乎意料的方式開場，接下來是教職員的致詞以及國家輔佐官的勉勵。擔任司儀的教師念著這些人的名字。

（又來了……又感覺到視線了。）

瑪荷洛雖然看著在舞臺上致詞的人，卻又很在意那道視線而游移目光。他感覺到刺人的視線，因而心神不定、坐立不安。最後瑪荷洛索性詢問札克「是不是有人在看這邊？」，但他卻是一臉懵樣。

「接下來，請在校生代表──諾亞．聖約翰致賀詞。」

在司儀的介紹聲中，一名身材高挑的青年站上講臺。

（唔哇──好俊美的人啊……）

青年──諾亞一站到舞臺中央，頓時奪走了臺下所有新生的目光。瑪荷洛也不例外，他就像是受到吸引一般仰望著青年。這個俊美得有如美術館雕刻作品的男人，從講臺俯視著新生。深褐色的長髮披在肩上，眼尾細長、宛如藍寶石的眼眸綻放冷靜的光芒。修長的肢體完全看不到贅肉，美麗的容貌不帶一絲脆弱感。

「……！」

這美得過分的男人，看得新生忍不住驚嘆。諾亞拿著賀詞稿，目不轉睛地看著新生。簡直就像是在找什麼似的。當視線對上瑪荷洛的那一刻，他立即瞪大了雙眼，彷彿在說「終於找到了」。當下瑪荷洛的身體竄過一陣猶如被雷劈中般的衝擊，整個人無法動彈。

（總、總覺得身體麻麻的。他是不是用了魔法啊？而且他好像還惡狠狠地瞪著我？）

諾亞以駭人的銳利目光看著瑪荷洛。瑪荷洛並不認識對方，也認為應該是

自己多心，才會覺得對方盯著自己，但諾亞卻持續沉默地對他施加壓力。

「他是不是在看我啊？」札克欣喜若狂，手舞足蹈地小聲問。以為對方在看自己，果然是自己的錯覺，瑪荷洛不由得苦笑。更何況，在校生代表沒理由盯著自己看。

「他怎麼了？」

見諾亞站在講臺上始終不發一語，學生們紛紛議論起來。於是諾亞終於移開視線，若無其事地拿起麥克風。

「各位新生，恭喜你們入學。羅恩軍官學校歡迎你們的到來。」

諾亞露出迷人的微笑，禮堂裡的學生也隨之展顏。如花朵綻放般的淺笑，讓所有新生都看得入迷。

「擁有魔法迴路的你們，是天選之民、是特別的人物吧。」

諾亞的美聲響徹禮堂。新生們皆一副如痴如醉的神情等待諾亞的下一句話，看到諾亞突然低下頭，大家都把身子往前探，想知道他怎麼了。

——諾亞將手上的賀詞稿捏成一團。

「……好啊，無論哪一個都是一副吊兒郎當的模樣。我先聲明，自認是天選精英的傢伙，我會毫不留情地宰了他。我討厭醜陋的事物。凡是令人作嘔的貴族主義者，我都會一個個收拾掉。致詞完畢。」

諾亞的聲調驟然一變，新生全都僵住了。三年級生所在的區域登時爆出喝采，還聽得到口哨聲。剛才的動人笑容變得狂妄放肆，諾亞就這樣走下講臺。有老師氣得對諾亞吼了一聲：「喂！」

他的變化之大，看得瑪荷洛目瞪口呆。

「好、好奇特的人喔……」

新生的鼓譟越來越大聲，仍處於震驚狀態的瑪荷洛也喃喃自語。那張俊美的臉孔底下，肯定是個相當可怕的惡魔。

「我一定要調查那個人的事！」札克興奮地嘀咕道。

看來就算俊美臉孔底下是恐怖的東西，札克也毫不在乎。

「接著請新生代表——奇斯・愛因茲沃斯上臺。」

坐在最前排的青年聽到司儀呼叫自己的名字，便起身走向講臺。札克說，那名青年是本屆入學測驗成績最優秀的新生。看到他的長相，瑪荷洛吃了一驚。新生代表居然就是嫌瑪荷洛擋路，而用行李箱撞開他的那個人。這位個子很高、金髮藍眼的青年，似乎來自愛因茲沃斯家。他並未被諾亞剛才那亂七八糟的賀詞嚇到，以自信滿滿的態度致答詞。

自己以外的每個人看起來都很優秀，但願畢業時自己看起來也能像他們一樣。瑪荷洛聽著答詞，在心中這般自我期許。

入學典禮結束後，學生們全都離開了禮堂。接下來新生要前往各自的班級。瑪荷洛住在D棟，所以被分到D班。A棟則是A班，分配到的宿舍大樓與班級是互相對應的。分班的標準，據說是一般的學習成績排名。

「喂。」有名青年擋在正要前往D班的瑪荷洛他們面前，是剛才上臺致賀詞的諾亞。

他已成了連新生都認識的名人。眾人一看到他都趕緊讓路。諾亞明顯一副不悅的表情，抱著胳膊擋在前面，但瑪荷洛以為他要找的是其他人，所以打算直接走過去。沒想到，諾亞卻一把抓住他的後領。

「咦？找我!?」瑪荷洛真心嚇了一跳，不由得發出怪聲。站在旁邊的札克臉頰泛紅，充滿好奇心地喊著：「瑪荷洛，你幹了什麼啊？」

「就是你，小矮人。」諾亞瞪了瑪荷洛一眼，拖著他邁開步伐。周遭都很好奇發生了什麼事，目光集中在瑪荷洛身上，但因為懾於諾亞的氣勢，沒人敢追過來。

（剛才的視線……原來不是我的錯覺！）

瑪荷洛完全搞不清楚狀況，驚慌失措地被諾亞帶走。他焦急地暗想，才剛入學的自己犯了什麼錯嗎？他真的是第一次見到諾亞，也不明白諾亞為什麼要找他。雖說瑪荷洛有著鮑德溫家的血統，但他從來不曾參加過社交聚會與家族聚會。

諾亞一言不發地把瑪荷洛拖往沒有人的地方。他們離開校舍，前往中庭的涼亭。確定四下無人後，諾亞終於放開瑪荷洛。

他刺探似地注視著瑪荷洛，探頭端詳瑪荷洛的臉龐。雖然小矮人這個稱呼讓瑪荷洛很火大，但他也沒辦法反駁。畢竟諾亞的身高要比瑪荷洛高出四十公分以上。

「你跳一下看看。」

諾亞以無視對方意願的強勢態度命令道，瑪荷洛嚇得「咿！」了一聲，身體縮成一團。

「什麼？跳、跳一下……？為什麼要做這種事？」

在盛氣凌人的目光注視下，瑪荷洛戰戰兢兢地開口詢問，諾亞聞言抬起下巴。

「叫你跳就跳。」

諾亞那慣於命令人的語氣，讓瑪荷洛不敢反抗，只能乖乖在原地跳動。

「……真奇怪，居然沒有任何聲音。」

要求瑪荷洛跳了好幾次後，諾亞面露詫異的神情抱著胳膊。瑪荷洛忽然想到了什麼，臉色頓時發青。

「這是在敲詐勒索吧！要錢我可沒有！」瑪荷洛忍不住大聲嗆道，諾亞一把揪住他的胸襟。

「誰在敲詐勒索，注意你的用詞。小心我燒死你，你這隻小倉鼠。」

沒想到那張漂亮的臉孔居然講出這種狠話，瑪荷洛趕緊道歉。這個人的外表與內在落差未免太大了。瑪荷洛東張西望，看看有沒有人能來救他，這時有名學生往這邊跑了過來。

「諾亞少爺！這樣對待新生不太好吧！」

一名高年級生擠入瑪荷洛與諾亞之間。青年有著茶色頭髮，戴著眼鏡，他神情急切地勸阻揪著瑪荷洛衣襟的諾亞。諾亞見狀咂嘴道。

「原來是提歐啊。我又沒叫你過來。」

厭煩似地瞅了一眼名叫提歐的青年後，諾亞放開瑪荷洛。多虧提歐幫忙解圍，瑪荷洛才能得救。諾亞重新面向鬆了一口氣、撫著胸口的瑪荷洛。

「你——偷偷帶著魔法石吧？」諾亞拍了拍瑪荷洛的制服打算搜身。

「魔法石……？不，我沒有……」瑪荷洛一臉茫然地搖頭。

魔法石是指入學測驗所用的黑色石頭吧。為什麼諾亞會覺得自己攜帶了那種東西呢？

「奇怪……找不到……怎麼會這樣？」

諾亞不死心地一再搜瑪荷洛的身。檢查過所有地方後，他終於確信瑪荷洛真的沒帶魔法石吧。諾亞乾咳一聲，撩起頭髮。

「抱歉，是我搞錯了。剛剛懷疑你，對不起喔。你願意原諒我嗎？」

諾亞微微一笑，直盯著瑪荷洛。見到那張美麗的臉龐逼近自己，瑪荷洛像是受到迷惑一般點頭應答。諾亞先是嘀咕了一句「這隻白倉鼠智商真低」，而後拍了一下瑪荷洛的肩膀，接著就直接轉身離開。提歐追在後頭，不知在對諾亞說些什麼。

瑪荷洛被留在原地，茫然目送兩人的背影。

（呃，咦，等等……？怎麼回事……？什麼跟什麼啊!?）

鐘塔響起了鐘聲。被獨留在涼亭的瑪荷洛，就這麼站在原地愣了好一陣子。

4 校園生活

瑪荷洛終於展開了他在羅恩軍官學校的生活。

一年級共有A、B、C、D四班，是按照測驗成績的高低來分班。只有魔法課是三十二名學生一起上課。一班有八人，因此很快就能記住每個人的名字與長相。

科目主要分成基本學識、兵科、魔法科這三類。不過，要進入魔法的實技課程還得等上一段時間，剛開始要先學習魔法的原理與世界的形成等，使用魔法時所需要的知識。渴望使用魔法的札克，似乎眼巴巴地盼望能快點進入實技課程。

雖然學生都具備魔法迴路，但曾向家族學習魔法的人並不多，大部分的人都是初次接觸魔法。這個國家禁止人民私自使用魔法。因此在這裡學習的魔法，全是以「為了保護國家」這個名義進行教學。

基本學識就是延續之前學過的各項知識與學問，所以不需要擔心，問題是兵科。不僅要學習槍枝的組裝與分解、武器的用法、射擊訓練、格鬥術與劍術，升上高年級後也要學戰略。瑪荷洛是第一次拿槍，他原本以為自己這輩子沒機會開槍，但畢竟就讀的是軍官學校，學習這些知識與技術也是理所當然的，只是要跟上不熟悉的作業實在很費勁。

「瑪荷洛同學，你的零件好像還有剩呢。」

這天瑪荷洛同樣在聽到口號後就動手用零件組裝槍枝，但不知為何最後竟多出一個零件，結果遭到全班同學取笑。教師也一副無奈的表情看著他。之前只跟家庭教師上過課，所以不知道自己的實際程度如何，看來瑪荷洛很笨手笨腳。來到學校這個集結許多同齡者的地方，他才知道自己的水準。

「唉……這裡的水準果然很高呢～」

札克在校舍南棟一樓的自助餐廳裡一面吃午餐，一面有氣無力地說。自助餐廳裡聚集了許多學生，笑語喧譁，好不熱鬧。午餐一般都是在南棟的自助餐廳，或是在宿舍的餐廳裡解決。這裡提供的餐點都是免費的，所以能夠視當天的心情自由選擇。瑪荷洛從來不曾自己選用喜歡的食物，所以每到用餐時間他就非常快樂。

展開校園生活後才過了三天，但課程內容程度很難，每天都得努力跟上進度。該說是因為學生多半來自五大世家的緣故嗎，雖然就讀的是D班，可是周遭的人看起來都很優秀，這讓瑪荷洛心裡很是焦慮。

至於課表，早上九點到下午三點排滿了課程，之後就是社團活動之類的自由時間。

正當瑪荷洛喝著柳橙汁時，耳邊傳來格外興奮激動的鼓譟聲，他忍不住回頭察看。一群人走進了自助餐廳，而諾亞就位在中央。彼此都遠遠地注意到對方。那天之後他們又在走廊或餐廳碰到過好幾次。每次諾亞都會用刺探的眼神注視瑪荷洛，看得他不由得發抖。

「哦——你看，那兩人就是白金三人組之二喔！諾亞少爺今天也很美呢～」

札克注意到坐在附近的諾亞他們，對著瑪荷洛附耳道。那張餐桌除了諾亞以外，還坐著個子同樣很高、茶色頭髮的男子，以及之前見過的名叫提歐的男子。提歐簡直就像是諾亞的僕人般忙著伺候他。

「白金三人組……？」

見瑪荷洛皺起眉頭，札克咧嘴一笑。

「之前不是跟你提過嗎？能夠入住個人房的頂尖學生，就是那兩個人。諾亞少爺旁邊不是有位茶色頭髮的帥哥嗎？他是奧斯卡少爺，來自五大世家拉瑟福宗家的貴族。另一個人名叫提歐，聽說是諾亞少爺的僕從。嗯——諾亞少爺今天也很迷人呢～」

瑪荷洛悄悄看向那三人。奧斯卡是個給人清爽印象的美男子，身材勻稱。即使從遠處觀察，也看得出他充滿了自信。

「……？」

諾亞突然轉頭，兩人視線相對，瑪荷洛趕緊把頭撇向一邊。他既不是在看諾亞，也沒有靠近對方。但他還是擔心，自己會不會惹諾亞不高興。

「欸欸，入學典禮那天，你為什麼會被諾亞少爺盯上啊？果真是因為他對你有意思嗎？畢竟你有一張可愛的臉蛋嘛。」

札克雙眼發亮，用手肘頂了頂瑪荷洛。由於大家都目睹了瑪荷洛被諾亞拖走的那一幕，許多人都想知道原因。札克死纏爛打地追問，讓瑪荷洛既煩惱又不知所措。他自己更想知道，為什麼會被諾亞盯上。

「他懷疑我偷偷攜帶魔法石……是說，那位學長好恐怖喔。不僅嘴巴很壞，而且看我的眼神就像在看一隻害蟲。」

除此之外就沒什麼好說的了，瑪荷洛沮喪地垂下肩膀。諾亞懷疑瑪荷洛偷偷攜帶魔法石，但瑪荷洛不能理解，為什麼諾亞只因為這種事就那樣逼問自己。

「不說這個了，我想問你社團活動的事。」瑪荷洛嚼著三明治，努力不去在意諾亞。他想忘記自己才剛入學，就被學長盯上的事實。

「哦，社團活動啊。」札克的眼睛亮了起來。課程結束後的下午三點到五點，這兩個小時是社團活動時間。新生必須在寒假之前加入某一個社團才行。

「要不要加入魔法社？」瑪荷洛滿懷期待地詢問札克。

魔法社是齊格飛曾參加過的社團。既然札克是因為想使用魔法才就讀這所學校，相信他一定願意跟自己一起入社。如果是調查能力比自己還強的札克，肯定也能蒐集到無從得知的資訊。

「啊──魔法社啊……沒辦法啦。」札克苦笑道。

「咦，為什麼？」

「因為，魔法社目前休社中啊。」札克語帶遺憾地回答，瑪荷洛頓時說不出話來。

休社中──？

「我本來也想加入，所以馬上跑去向老師打聽消息。聽說半年前發生了某個問題，導致魔法社暫時停止活動。原來你也想加入啊。」

瑪荷洛大受打擊而愣住。這下麻煩了。原本以為只要加入同一個社團，跟裡頭的學長混熟，就能夠打聽到齊格飛的事。其中一項計畫泡湯了，瑪荷洛只覺得眼前一片漆黑。

「我在考慮加入魔法書籍研究社，你要不要也一起入社？瑪荷洛？」

札克邀請瑪荷洛加入其他社團，但他根本沒認真在聽。瑪荷洛必須調查齊格飛的事才行，然而現在卻失去了一個手段。齊格飛的同學全到第一線實習了，目前不在學校。接下來該怎麼辦才好呢？

吃完午餐後，瑪荷洛以自己有事要辦為由與札克暫別，獨自前往校舍的中央棟。魔法社的社團教室就位在三樓的其中一個房間，隔壁則是用來保養及維修鐘塔的房間。聽說魔法社目前暫停活動，社團教室的門板上果真貼著一張紙，寫著「禁止進入」四個大字。瑪荷洛不死心地暗想，至少進去裡面，看看能不能查出什麼吧，於是試圖打開上了鎖的門。

「喂。」

背後冷不防傳來聽似不愉快的呼叫聲，瑪荷洛心頭一驚，嚇得跳了起來。回頭一看，原來是諾亞與奧斯卡。提歐似乎不在，瑪荷洛不禁擔心自己會不會又遭到刁難。諾亞瞥了一眼貼著紙的門。

「別那麼害怕。上次不好意思啊。我很討厭欺負弱者，所以沒把弱者放在眼裡。」

見瑪荷洛一副怕他又要找碴而提心吊膽的樣子，諾亞將嗓音放軟，走了過來。是錯覺嗎，自己好像有點遭到否定了……

「啊……沒關係。」沒料到對方居然向自己道歉，瑪荷洛低頭行了一禮。諾亞抱著胳膊，俯視瑪荷洛。

「不過……我還是覺得你怪怪的……」諾亞仍是一副無法釋然的模樣，毫不客氣地打量著瑪荷洛。奧斯卡似乎覺得很有趣，站到諾亞的旁邊。

「什麼什麼？這個人就是你很在意的異類嗎？叫什麼名字？」奧斯卡的個性似乎很活潑開朗，他面帶笑容主動握瑪荷洛的手。

「對喔，我沒問呢。小矮人，你叫什麼名字？」

諾亞一派從容地問，瑪荷洛小聲回答：「我叫瑪荷洛。」

「別叫人家小矮人啦。小小的很可愛不是嗎，我可是很感興趣呢。你叫做瑪荷洛啊，我叫奧斯卡・拉瑟福，是這小子的朋友。」

奧斯卡跟諾亞差不多高，身材緊實有致，及肩的茶色頭髮看上去很柔軟，給人和善印象的藍色眼眸盯著瑪荷洛。

「你該不會對這個社團有興趣吧？」諾亞把手搭在貼著紙的門板上問道。

「難道你想加入嗎？」奧斯卡語氣溫柔地問。

「是、是的！我想加入！」見瑪荷洛立正站好，予以肯定的回答，奧斯卡拍了拍他的腦袋。

「這樣啊。聽到了嗎，老大？」奧斯卡眨了一下單眼，這般詢問諾亞。

瑪荷洛也跟著看向諾亞，便聽到他語氣冷漠地說：「我是社長。」也就是說，在齊格飛參加這個社團的期間，諾亞也是當中的一分子。所以，諾亞認識齊格飛囉？

「順帶一提，我也是社員。雖然目前是休社狀態，不過預定下個月就會復社喔。」

奧斯卡揉亂瑪荷洛的頭髮，同時笑著這麼說。

「總覺得這孩子小小的，讓人很想逗弄他耶。他看起來不像十八歲，頂多只有十五歲左右。」

「你不覺得這小子很像倉鼠嗎？」

接連遭到諾亞與奧斯卡取笑，瑪荷洛往後退開，整理亂七八糟的頭髮。雖然別人常說他很遲鈍或是呆呆的，可他不能接受倉鼠這個說法。

「下個月就可以加入了嗎!?」

見瑪荷洛抱著腦袋瓜問，諾亞擺出一個壞壞的笑容。

「校長已經批准了嘛。不過我先聲明，有很多人想加入我們社團，所以不是任何人都可以入社喔。至於你嘛……我們有身高限制，至少要有一百七十公分才行。」

聽到諾亞得意洋洋地這麼說，瑪荷洛露出絕望的表情。怎麼這樣，他哪有可能突然長高二十公分。

「諾亞，別捉弄他啦，他看起來很可憐耶。我們沒有這種條件啦。」

大概是同情瑪荷洛吧，奧斯卡實話實說。不過瑪荷洛也沒安心多久，得知入社要經過選拔，讓他忐忑起來。話雖如此，遴選並沒有明確的標準，似乎是由社團成員一同討論，再決定要讓誰加入。萬一落選，他就沒辦法打聽齊格飛的事了。

「請問……兩位認識齊格少爺嗎？」瑪荷洛索性決定問問這兩個人。

一提到齊格飛的名字，兩人原本開朗的表情瞬間變得僵硬。

「齊格……？你是指齊格飛・鮑德溫嗎？你問他做什麼？」

諾亞轉而露出冰冷的目光，逼近瑪荷洛質問道。瑪荷洛沒想到只是提及齊格飛的名字，諾亞就有這麼大的轉變，嚇得他不知所措。

「那個……我是齊格少爺的遠親。」瑪荷洛戰戰兢兢地說，諾亞與奧斯卡隨即互換眼色。諾亞與奧斯卡肯定認識齊格飛。

「你是齊格飛的親屬啊。」諾亞一副厭惡的神情俯視著瑪荷洛。剛才或許不該提到名字，可他已經沒有退路了。

「齊格少爺一家看在我是遠親的份上收留了我，現在齊格少爺失蹤了，我受託調查他失蹤的原因。」瑪荷洛偷偷觀察對方的臉色解釋道。

「……」諾亞擺出極為不悅的表情看著奧斯卡。奧斯卡一臉為難地聳肩道。

「那個人已經退學了喔。記得他是自己辦手續的才對。」奧斯卡有些鬱悶地低聲說。

「這我知道。之後……他就消失蹤影了。拜託！請告訴我齊格少爺的事！我在找有關失蹤原因的線索！」

瑪荷洛深深地低頭鞠躬。好不容易終於找到認識齊格飛、握有相關資訊的人。他想要線索，哪怕只是一點蛛絲馬跡也無妨。

「魔法社之所以休社，都是那小子害的。」

瑪荷洛始終低著頭等待，最後上方總算傳來聽似不悅的話音。

「什麼……？」瑪荷洛抬起頭，只見諾亞皺緊眉心。

「諾亞……抱歉，瑪荷洛，這件事下次再談吧。一提到齊格，諾亞就會心情不好。」

奧斯卡抱著諾亞的肩膀安撫他，兩人一起離開了現場。

得知這個意想不到的事實，令瑪荷洛頗感震驚。他不知道，原來齊格飛在學校引發了問題。光是想像齊格飛做了什麼事，就讓瑪荷洛頭昏腦脹。他趁著空檔前往圖書館，查找學生名冊，但退學者的名字已經刪除，所以無法查證。瑪荷洛很想找諾亞或奧斯卡打聽詳情，偏偏這種時候卻見不到兩人。

「瑪荷洛！你的屁股撅起來了！」

上劍術課時，不習慣拿劍的瑪荷洛老是遭到講師安德烈的糾正。實技課程基本上是在操場進行。瑪荷洛很怕陽光，若在天氣晴朗的日子長時間處於戶外就會暈眩。雖然已事先告知校方這件事，但也不能每次都在旁邊觀摩。上劍術課要穿運動服，手持借來的劍。劍是未開鋒的練習用具，不過重量跟真劍沒兩樣。

安德烈教完基本動作後，就叫學生排成一列練習揮劍。他們得花一個小時，持續練習使劍的架勢與突刺、揮劍等動作。光是砍空氣就這麼累了，進行實戰的話真不曉得會怎麼樣。

「現在哪有人還在用劍啊。」同班的傑克一邊擦汗一邊抱怨。對於實技之一的劍術，瑪荷洛心中也有疑問。明明都有槍可用了，現在還有必要學習劍術嗎？

「你們不懂劍的重要性哪。」見學生沒幹勁，看不下去的安德烈便叫眾人集合。

「日後上魔法課時會使用魔法石。這個魔法石若是嵌在劍上，能發揮驚人的力量。威力比槍還要強大。軍方的魔法團就經常用劍，反而鮮少用槍。」

瑪荷洛頭一次聽說這種事，驚訝地睜圓了眼睛。魔法團是軍方的一支精銳部隊，在防止他國的干預與內亂上有亮眼的表現。他們使用魔法這股神奇的力量保護國民。能夠加入魔法團的都是精英中的精英，成員全是能使用高等魔法的天選之人。

「是喔——聽起來很酷耶。」

傑克徹底來了興致，練習揮劍時也變得更有幹勁。瑪荷洛同樣賣力揮劍，但把劍揮起來的動作做得比眾人還慢。瑪荷洛不但個子嬌小，身上也沒什麼肌肉，體力更是全班最差。不只成績，就連體力都很差，瑪荷洛不禁覺得自己是個廢物，感到無地自容。

「劍術課上完接著上格鬥術課，真是有夠吃力啊～」

劍術課結束後，等著他們的是格鬥術課。札克說得沒錯，瑪荷洛早已筋疲力盡，上格鬥術課時也老是挨講師的罵。

「護身術可是基礎！給我練習幾百遍！」

格鬥術課是兩人一組，學習基本動作。學生互相使出講師教導的招式，時而在地墊上翻滾，時而扭成一團。

上完格鬥術課後，終於到了午餐時間。瑪荷洛與札克一起前往餐廳，填飽肚子。彼此都很疲累，連說話的精力都沒有。課程明明都一樣，A班的學生們卻開開心心地用餐。優秀的人，無論做什麼事都難不倒他吧。

「開學才兩週而已，我們就已經快累死了呢。」札克嚼著添加了酪梨的沙拉，喃喃地這麼說。

「想上的魔法課也還在講解歷史。」

札克似乎很不滿。目前魔法課都在解說，這個國家是何時開始使用魔法的啦，以及發現魔法石的經過等等，他覺得很無聊。

「對了，聽說魔法社下個月復社耶？既然會復社，當然要選魔法社囉。我們一起加入吧！」札克一副突然想起來的樣子，轉動叉子說道。

「嗯，不過好像不是任何人都可以加入。」

「沒錯沒錯，因為魔法社有白金三人組在，競爭似乎很激烈呢。聽說他們只收五名新生。不曉得我有沒有辦法獲選……」札克唉聲嘆氣。

「為什麼有白金三人組在，競爭就會很激烈……？這個社團有那麼好玩嗎？」

瑪荷洛不明白，為什麼有諾亞他們在，低年級生就會想要加入。

「呆瓜，如果能先跟頂尖的高年級生打好關係，對將來應該會有幫助吧。而且每天都能見到諾亞少爺的絕世美顏，光是這樣就很幸福了，有機會的話說不定還能……好像也有人是抱著這種念頭喔？」

札克竊笑道，看來他已打起精神了。瑪荷洛瞠目結舌，無言以對。他這才知道即便是同性，若是擁有那樣的美貌，依舊能吸引許多人簇擁。

「哦！」札克興奮地搖晃椅子。

原來是諾亞收拾好餐具，往這邊走了過來。奧斯卡與提歐也在一旁。諾亞與奧斯卡的感情似乎非常好。瑪荷洛心急難耐，很想向他們打聽齊格飛的事，但上次詢問時兩人的態度令瑪荷洛印象深刻。雖然自己必須調查齊格飛的事，但他覺得硬要打聽而惹怒學長不是明智之舉。如果加入魔法社，打聽消息的機會肯定也會增加。

當然，前提是要能夠加入……

瑪荷洛低頭吃著火腿三明治，以免對方發現自己，但札克卻用手肘頂了頂他。

「諾亞學長在看這邊耶。」札克悄聲說，瑪荷洛偷偷抬起頭。

只見諾亞站在餐廳的入口，目光望著這邊。本來擔心諾亞是不是又不高興了，但單看表情的話似乎又沒這回事。諾亞一對上瑪荷洛的目光，旋即轉身離開。奧斯卡與提歐追在他的後頭。提歐中途轉身，像是在確認一般直盯著瑪荷洛。

「啊，白金三人組的另一個成員也在這裡耶！」

札克推了推瑪荷洛的肩膀，向他報告自己的發現。距離他們稍遠的地方，有位青年正獨自用餐。那是個長相精悍、金髮藍眼的男學生。幾名看似朋友的男子接近那位青年，不知在聊些什麼。

「那個人是……？」瑪荷洛不解地問札克。

「他叫做里昂・愛因茲沃斯，是劍術成績最優秀的勇武之人。聽說個性正經八百，對破壞規則的人毫不留情。順帶一提，奧斯卡・拉瑟福少爺長得帥，是個超級萬人迷。但聽說他下手很快，所以要當心。不過，諾亞少爺與里昂少爺似乎感情不好。老是破壞規則的諾亞少爺，與遵守規則的里昂少爺，兩人分別來自火魔法一族與水魔法一族，所以原本就合不來。然後諾亞少爺自入學以來，始終穩坐綜合成績第一名的寶座，是真正的天才。」

消息靈通的札克對他們的事瞭若指掌。雖然諾亞嘴巴很壞，態度又很傲慢，但因為成績卓越超群，教師們也就縱容他了。

（該怎麼打聽齊格少爺的事呢……）

瑪荷洛憂鬱起來。在這所學校，信件只能等每月最後一個星期日郵差過來，才能夠寄到外頭。到了月底，瑪荷洛必須向山繆報告狀況才行。入學後已過了兩個星期，他卻沒找到任何線索。

瑪荷洛走出餐廳後嘆了一口氣，接著返回自己的寢室拿教科書。

5 齊格飛的幻影

下午的課有槍枝的組裝與保養，以及魔法史的複習。三點下課後，瑪荷洛說要逛一逛校舍，便與札克分開行動。

他在校舍內到處亂逛，走著走著就來到魔法社的門前。復社之後，想要加入的人是不是就會蜂擁而至呢？瑪荷洛忽然移開目光，看到鐘塔維修室的門。門板上掛著「閒雜人等禁止進入」的牌子，他頓時萌生興趣，試著轉動門把。門若上鎖就作罷，結果門沒鎖，瑪荷洛便闖進去了。一進門就是一個小房間，裡面有座階梯。

「哇啊……」

爬上階梯打開位在盡頭的門，出現在眼前的是鐘塔的內部。巨大的齒輪不停轉動，金屬零件與木梁縱橫交錯。瑪荷洛走在只容一人行走的細梁上，最後來到時鐘背面的空間。他先從背面窺看鐘盤上的羅馬數字，而後環視鐘塔的內部。內部的構造真複雜。鐘盤的正上方是黃銅製的鐘。平常聽到的震天巨響，就是這口鐘發出來的吧？

（總覺得心裡很平靜呢……就在這裡念書吧。）

瑪荷洛伸了個大懶腰，他翻開帶來的教科書，坐下來開始複習課業。就在瑪荷洛專心念書之際，鐘聲突然響起。他嚇了一跳，立即闔上教科書。看來不知不覺間已經五點了。距離這麼近，鐘聲大到令人頭疼。

羅恩軍官學校一天會響四次鐘聲，分別是早上七點、中午十二點、傍晚五點、晚上七點。早上七點是要叫醒學生，十二點是通知眾人已到中午，五點是社團活動的結束時間，晚上七點則是宿舍的門禁時間。

正當瑪荷洛的注意力被巨大的鐘聲吸引過去時，耳邊傳來細微的開門聲。緊接著是腳步聲，好像有人進來了。

「有人在裡面嗎？」現場響起了說話聲，瑪荷洛慌張地將教科書與筆記本疊起來。

一名男子突然從入口附近的柱子後面冒出來——是諾亞。

「原來是你啊，小倉鼠。」

諾亞驚訝地睜大了眼睛。由於這裡禁止進入，本來以為會挨罵，但諾亞的表情看起來並沒有生氣。

「這裡是我的祕密基地，想擺脫提歐時我就會偷偷溜進這裡。算了，反正只是一隻小倉鼠而已，就准你待在這裡吧。話說回來，你還真是身輕如燕耶。」諾亞語帶欽佩地說。他大步流星地走在細梁上，靠近瑪荷洛。

「你難道沒想過，萬一從這根木梁掉下去該怎麼辦？」諾亞在瑪荷洛的旁邊坐下來，十分好奇地問。

經他這麼一說，木梁的高度確實不低，要是掉下去肯定會受傷。一個不小心可能還會死掉。不過，瑪荷洛從以前就很喜歡高處，經常爬到樹上仰望天空，怎麼看也看不膩。

「我習慣了。」

瑪荷洛立即改為跪坐。諾亞看向齒輪，那雙眼眸帶了點溫柔，讓瑪荷洛很意外。諾亞似乎很喜歡看齒輪轉動。

「你果然很怪呢。」諾亞喃喃地說。

「啊？」瑪荷洛困惑地歪著腦袋瓜，諾亞收回凝睇齒輪的視線，目不轉睛地看著他。

「我之所以來到這裡……」

見諾亞盯著自己看，瑪荷洛納悶地眨了眨眼。那張俊美的臉龐近距離注視著他，看得他心跳加速，忍不住屏住呼吸。雖然對方同為男人，但容貌如此俊美，不免還是令他頗為緊張。齊格飛也是美男子，但在他至今見過的人當中，諾亞的容貌是最出眾的。

「……唉，算了。可能是我的錯覺。」

諾亞話說到一半就含混帶過，然後伸出手指戳了一下瑪荷洛的額頭。他本來想說什麼呢？

好奇歸好奇，現在可是打聽齊格飛消息的好機會，於是瑪荷洛正襟危坐。

「不好意思……我可以請教學長有關齊格少爺的事嗎？當然，如果學長不願意就算了！」瑪荷洛不想惹諾亞不高興，因此放低姿態這麼問。

「……你想知道齊格飛什麼事？」諾亞一副嫌麻煩的樣子，瞥了瑪荷洛一眼。

「我想知道導致齊格少爺失蹤的可能原因。另外，如果有關於齊格少爺下落的線索，希望學長可以告訴我……請問，魔法社為什麼會休社呢？」

瑪荷洛壓低聲音問道，諾亞頓時陷入沉默。瑪荷洛注視那張端正的側臉，屏氣斂息。

「……因為召喚魔法。」諾亞輕聲吐出這句話。

「召喚魔法？」瑪荷洛不曾聽過這個詞彙。這應該是高等魔法吧。

「齊格飛施展了遭到禁止的召喚魔法。召喚魔法是一種能夠喚來不存在於這個世界的人或生物的魔法。話雖如此，這種魔法也不是任何東西都能召喚。如果缺少與之相關的物品就沒辦法召喚出來。齊格飛具備的魔法知識十分淵博，對召喚魔法更是格外感興趣。這裡完全沒有關於召喚魔法的書籍，不知道齊格飛是如何得知施展的方法。」

瑪荷洛緊張地凝視諾亞的薄唇。

「為什麼召喚魔法會遭到禁止呢？齊格少爺召喚出什麼呢？」瑪荷洛覺得這是個危險的話題，下意識地壓低聲調。

「之所以禁止，是因為經常有學藝不精的術師召喚出非人之物，引發麻煩的問題。目前這是特別列管的魔法，只有獲得女王許可的人才能使用。齊格飛極其小心地偷偷研究召喚魔法。我們這些社團成員在那起事件發生不久前發現這件事，紛紛規勸齊格飛。但是，那個人聽不進我們的勸阻。他到底想召喚出什麼呢……」

回想起齊格飛的陰鬱眼神，瑪荷洛忍不住打了個哆嗦。齊格飛有著瑪荷洛想像不到的一面。

「某天晚上，齊格飛沒有返回宿舍。他好像進了森林，過了十天左右都沒回來。我記得當時教師們全都顯得很緊張。聽說學校請高年級生協助搜索齊格飛的下落，可是他好像不在搜索得到的範圍內。後來齊格飛自行回到學校，但他就像換了個人似地喪失了感情。事後聽校長說，齊格飛施展了遭到禁止的召喚魔法，社團只能被迫停止活動。之後齊格飛立刻辦理退學手續，從學校消失。雖然校長與其他教師拚命勸阻，但他還是堅持離開這裡。」

得知意想不到的事件經過，瑪荷洛驚訝到說不出話來。雖然知道齊格飛當時的狀況了，但謎團反而越來越深。齊格飛的失蹤原因，幾乎可以確定就出在召喚魔法上吧。

「該不會是被召喚出來的東西控制了身體吧……」瑪荷洛好不容易才擠出這句話。

「不，這倒沒有。齊格飛退學前我們曾稍微交談過，他還認得我。」

面對瑪荷洛的疑問，諾亞搖頭予以否定。既然如此，齊格飛為什麼離開學校呢？他有什麼不滿嗎？又或者，他有什麼必須去做的事嗎？

「齊格少爺到底召喚了什麼人……或是什麼東西呢？」瑪荷洛一籌莫展，傷腦筋地問。

「不知道。他是獨自一人施展魔法，所以沒人知道當時的情形。」

語畢，諾亞站了起來。瑪荷洛還想知道其他的事，於是揪住諾亞的衣服。

「我能告訴你的就這麼多了。先聲明，這些可是絕對不得外洩的機密情報。校長叮囑過魔法社全體社員，不准將這件事告訴任何人。你就算在這所學校繼續追查下去也沒用。畢竟就連教師之間，也都不能提起齊格飛的事。」

諾亞這席話令瑪荷洛頗感震驚。居然連教師都不能談論這個話題，齊格飛真的做了那麼嚴重的事嗎？諾亞說他覺得掃興，旋即快步離開了現場。

齊格飛使用召喚魔法喚來了某個東西，結果害他變得不對勁。不，認為他不對勁的只有第三者而已，齊格飛本身是接受這樣的自己，並且主動離開學校的。

（齊格少爺……）

瑪荷洛忍不住悲從中來，抱住膝蓋。

一想到齊格飛面臨某個問題，自己卻沒辦法為他解決，瑪荷洛就覺得很難過。雖然齊格飛多半不會依靠瑪荷洛，但瑪荷洛還是想盡一份心力。憶起齊格飛挺拔的身影，瑪荷洛悲傷地垂下腦袋。

諾亞提供的資訊並不能激勵瑪荷洛。今天一整天的疲勞頓時湧現，明知道自己必須離開鐘塔才行，瑪荷洛卻還是就地躺了下來。

（稍微睡一下吧。）

瑪荷洛聽著指出正確時刻的指針走動聲，閉上了眼睛。

震耳欲聾的鐘聲嚇醒了瑪荷洛，他立刻跳起來。見四周一片昏暗，瑪荷洛頓時驚呆了。搞不清楚狀況的他慌張地東張西望，最後看到鐘盤發出的光，而鐘敲了七次。

（慘了！居然在這種地方睡著！門禁時間到了啊！）

發覺自己竟然在諾亞離開後不小心睡著，瑪荷洛的臉都綠了。他越過木梁，急急忙忙離開小房間。校舍一片漆黑，唯有月光自窗戶流瀉而入。

（唔——糗大了。居然在那種地方睡著，連晚餐都沒吃……）

焦急地下樓，偷偷溜出校舍後，瑪荷洛轉念一想，反正已經超過門禁時間了，於是決定看開一點不再跑了。宿舍的點名時間是九點，只要趕在那之前回去就好。少吃一餐的問題反而比較大。他的肚子撐得到早上嗎？

「嗯？」朝著宿舍入口前進的瑪荷洛突然停下腳步。

湖泊的方向，看得到搖曳的蒼白色火焰。

（鬼火？）

瑪荷洛凝神細看，發現蒼白色的火焰在湖面上搖擺晃動。明知道得快點回宿舍才行，但他實在很介意那道搖動的火焰。

（不如……走近一點看看吧？反正都要挨罵了。）

瑪荷洛按捺不住好奇心，摸黑走向湖泊。再靠近一點吧。他抱著輕鬆的心情撥開枝葉往前走。現場只有月光，黑漆漆的看不清楚，但他發現湖畔好像站了一個人。

（齊格少爺⁉）

遠遠地看到一頭及肩的黑髮，瑪荷洛連忙揉了揉眼睛。那個人該不會是他吧？瑪荷洛懷著這個猜想，朝著湖泊奔去。大概跑了兩、三分鐘後，一道看不見的牆擋住了去路，害他往後跌了一跤。瑪荷洛愣怔地站起來，輕輕地把手伸出去。眼前有道牆壁。雖然肉眼看不見，不過那裡確實有障礙物。

「打開！快打開！」瑪荷洛忍不住胡亂拍打那道看不見的牆。結果下一刻，現場響起了破裂聲，障礙物忽然消失了。

（這是怎麼回事——）

雖然搞不清楚狀況，瑪荷洛仍趕緊邁開腳步。剛才擋路的那道牆已徹底消失，總算能夠靠近湖泊了。瑪荷洛意氣昂揚地跑了起來，卻在這時聽到劃破黑夜的尖銳鳥鳴，因而停下腳步。

『發現侵入者。發現侵入者。警戒，警戒。』

在正上方盤旋的長尾鳥，以死板的聲調叫了起來。瑪荷洛登時冷汗直流。牠說的侵入者，該不會是指自己吧——？

（對了，湖泊這邊是不是不能進入啊？）

雖然已經來不及了，瑪荷洛總算想起了這件事，目光投向湖泊。他本來打算如果齊格飛在那裡就立刻趕過去，豈料剛才的位置已看不到半個人影。

「是誰在那裡！」背後傳來嚴厲的質問聲，嚇得瑪荷洛不敢動彈、六神無主。本來想逃跑，但對方先一步揪住他的手臂，無可奈何之下他只好抬起頭。

「哎呀……你是瑪荷洛．鮑德溫吧？」

揪住瑪荷洛的人，是一名年輕女子。她有著一頭黑色長捲髮，年紀不到三十歲，眼尾有顆痣，看起來很嬌媚。這名身穿白袍的女子似乎認識瑪荷洛。

「呃、那個、對不起。我、我……不太清楚狀況。」

得知這名女子似乎是教員後，瑪荷洛語無倫次地道歉。

「你解開結界了啦。不過既然破解的人是你，那就沒辦法了。我叫瑪莉，瑪莉．艾爾嘉。過來這邊。」瑪莉拉著瑪荷洛的手微笑道。原以為對方會劈頭罵他一頓，沒想到瑪莉的態度卻很溫柔，瑪荷洛鬆了一口氣。

話說回來，結界是指……？

「請問，您認識我嗎……？」

瑪莉似乎認得瑪荷洛，但是瑪荷洛卻對她沒有印象。

「新生的長相我全都記得。我是心理輔導員，你還沒來找過我呢。」瑪莉以銀鈴般的嗓音回答。

對了，札克好像說過，醫務室有位性感的心理輔導員。乖乖地跟著瑪莉走了一會兒，便看到一名男子與一隻狗從宿舍的方向跑來。

「害警報響起的人是你嗎！」

原來是金髮男子──里昂，跑在他旁邊的是一隻杜賓犬。那隻狗有著黑色身軀，體態優美，長相精悍，一看到瑪荷洛的臉，便一副要咬人的姿態凶巴巴地吠了起來。

「咿！對、對不起！」杜賓犬太可怕，嚇得瑪荷洛差點腿軟。

「你是新生吧！快說你幹了什麼好事！」里昂氣勢洶洶地質問，瑪荷洛不禁眼泛淚光。這個人與這隻狗真是可怕極了。

「他只是不小心走錯路罷了。愛因茲沃斯，你沒看到新生很害怕嗎，叫使魔安分一點。」瑪莉將瑪荷洛的腦袋摟向自己，對里昂投以責備的目光。里昂似乎這時才注意到瑪莉，不知怎的突然退縮了。他伸出一根手指，命令在腳邊狂吠的杜賓犬安靜。

升上三年級後，每個學生都會擁有使魔。一般可以役使鳥、貓、鼠、鼬等各種動物做為使魔，不過在羅恩軍官學校，與學生訂立契約的使魔基本上都是狗，學生會跟符合自身秉性的狗搭檔。校長表示，選擇狗做為使魔，是因為狗對主人很忠心。

雖然乍看是隻普通的杜賓犬，但牠畢竟是使魔，終究還是跟普通的杜賓犬不一樣。使魔能夠搜索、戰鬥，忠實執行主人的命令。不過，由於使魔是吸取立約對象的魔力做為能量，將使魔叫出來讓牠時時跟在身邊的人並不多。

「喂——找到了嗎？」奧斯卡與諾亞提著油燈跑了過來。

奧斯卡的旁邊，跟著一隻茶色毛皮、眼神和善的黃金獵犬。令人震驚的是，諾亞的身旁竟跟著有名的猛犬——比特犬。比特犬有著緊實的肌肉，以及發達的下顎，是種能輕易咬死一個人的猛獸。而且牠的長相與美犬相差甚遠，諾亞這美男帶著這種狗出現實在讓人很錯愕。兩人一看到瑪荷洛他們，皆疑惑地問怎麼回事。

「對、對不起。因為我看到湖上有東西……對不起。」瑪荷洛向聚集在此的高年級生低頭道歉。

「什麼——你不僅違反門禁，還想闖入禁止進入的地方？看你一副老實樣，沒想到膽子還真大呢。」奧斯卡吹了聲口哨。

「你說你看到湖上有什麼東西……？」諾亞則對瑪荷洛投以犀利的目光，擺出一副「不回答就不放過你」的態度威迫他。

「你們幾個，人家是新生耶。他現在很害怕。你什麼也沒看到吧，畢竟天色這麼昏暗。」瑪莉順了順瑪荷洛的背安撫他。

要是告訴他們，自己看到疑似齊格飛的人影，或是蒼白色的火焰，一定會遭到取笑的。於是瑪荷洛乖乖點頭，提心吊膽地仰望里昂。

「你叫什麼名字？」里昂這般質問，瑪荷洛立即挺直背脊報上姓名與班級。

「里昂，別擺出那麼可怕的表情啦。瑪荷洛，這小子很一板一眼，所以無法容忍違反門禁這件事。」奧斯卡笑著攬住里昂的肩膀。里昂的表情越發凶惡，他抱著胳膊，俯視瑪荷洛。

「真的很對不起！我在反省了！」瑪荷洛九十度鞠躬向里昂道歉，展現出真心反省的姿態。里昂這才終於軟化態度。

「話說回來，老師，妳找人的速度還真快呢。」里昂嘀咕道，以挑釁的眼神看向瑪莉。經他這麼一提，當時瑪莉確實很快就出現，彷彿人就在附近似的。

（奇怪……？站在湖邊的人，該不會是瑪莉老師吧……？）

瑪莉的頭髮是黑色的，從遠處看去，也是有可能把她誤認成齊格飛。這麼說，當時自己看到的人影是瑪莉嗎？

「我湊巧在這附近走動。因為校長的使魔在空中大叫，我才趕過去察看。」面對里昂的質疑目光，瑪莉沒有絲毫慌張，而是面帶微笑回答。

就在這時，遠方傳來一陣吵人的犬吠聲。身材結實的黑色羅威那犬，成群結隊筆直地朝這邊奔來。見瑪荷洛嚇得後退，諾亞便站到前面護住他。

「那是校長的使魔。牠們應該是來找侵入者的吧。」

瑪荷洛從諾亞背後看著往這兒跑來的狗群。緊接著，一名白髮女子騎著掃帚自狗群後方飛了過來。她以驚人的速度穿越黑暗，輕盈地降落在瑪荷洛他們的面前。

「回報狀況。」校長掃了瑪荷洛他們一眼後這麼說。

「剛才瑪荷洛・鮑德溫不小心誤闖了禁入區。」瑪莉面帶微笑回答。校長直盯著瑪荷洛的眼睛。

「原來如此。瑪荷洛同學，擅闖禁入區固然是個問題，不過你也違反門禁了。那又是怎麼回事？」校長納悶地問。

「對、對不起。我不小心在鐘塔附近睡著了……」瑪荷洛耷拉著腦袋咕噥答道。

站在旁邊的諾亞聞言噴笑出來。里昂傻眼地抽動臉部肌肉，奧斯卡則瞪圓了雙眼。本來以為只要趕在宿舍的點名時間之前回去就好，結果違反門禁的事還是被發現了。畢竟校長能在空中飛，想必她會使用瑪荷洛無法想像的魔法吧。

「課業跟得很辛苦嗎？」校長並未取笑他，而是平心靜氣地問。

瑪荷洛答不出來，漲紅了臉。他擔心要是老實回答「跟不上」，搞不好就得退學。

「瑪荷洛同學，我是個寬宏大量的人，第一次犯錯就原諒你吧。這次罰你寫三張悔過書，寫好就送來校長室。里昂你們也辛苦了。把瑪荷洛同學送回宿舍後，你們就可以解散了。我會通知士兵這邊沒有異狀。」

校長對著不斷發出低吼聲的狗群吹了聲指哨。表情凶惡的黑狗立即平靜下來，一同轉身離去。校長似乎也已通知在周邊戒備的士兵們了。想起抵達島上時見識到的森嚴警備，瑪荷洛不禁打了個冷顫。

「對不起，謝謝。」瑪荷洛不停低頭道歉。向瑪莉與校長道謝後，瑪荷洛就跟著諾亞他們踏上返回宿舍的路。太好了，校長沒要求自己退學。

校長與瑪莉不知談了什麼，之後便獨自騎上掃帚往湖泊的方向飛去。

「──你在湖邊看到了什麼？跟瑪莉老師有什麼關聯嗎？」

藉著提燈的亮光走了一會兒後，諾亞一副很在意的樣子再度問起這件事。

里昂的嚴厲固然可怕，不過諾亞的犀利眼神就另一個層面來說也很可怕。

「不，沒什麼……不是多重要的事……」瑪荷洛吞吞吐吐支支吾吾，望著奧斯卡向他求救。

「回答得乾脆一點！」里昂聲色俱厲地說，嚇得瑪荷洛真想逃離現場。

「對、對不起，對不起……我什麼都沒看到！」瑪荷洛退後幾步，一個勁兒地道歉。奧斯卡面露苦笑攬住里昂的肩膀，將他帶離瑪荷洛身邊。

「好了好了，別欺負一年級生。不覺得他很可憐嗎？竟然刁難這麼小的孩子，你的神經到底有多粗？看上去根本就是在霸凌學弟喔？」

「我是在指導他。」里昂凶巴巴地瞪著瑪荷洛。

「我送這小子回去，你們兩個先回寢室。」諾亞推著瑪荷洛的背說道，瑪荷洛吐出憋在胸口的氣後邁開腳步。奧斯卡則將一臉不滿的里昂拖去A棟宿舍。

諾亞與瑪荷洛一前一後走在黑漆漆的道路上。

「……居然能在那種狹窄的地方睡著，你是怎麼搞的？」只剩他們兩人後，諾亞立刻這麼問，似乎覺得這件事很好笑。瑪荷洛感到臉上無光，耷拉著腦袋。

「雖然里昂找你麻煩，你可別放在心上啊。那小子只要看到別人違反規則就會很囉唆。」諾亞回頭，對著身後的瑪荷洛說道。難道他是在安慰自己嗎？原本因為要寫悔過書而低落的心情，稍微好轉了一點。

「我沒事……今天給學長們添麻煩了，對不起。」

跟著諾亞穿過C棟與D棟之間的宿舍出入口，抵達二〇三號室門口後，瑪荷洛再次低頭道歉。最後，諾亞帶著有話想說的表情離開。

瑪荷洛嘆著氣打開房門，房內的札克立刻撲了過來。

「瑪荷洛！你到底跑哪兒去啦！居然那麼快就違反門禁，真的很不妙耶！而且外面還響起了警報，我真是擔心死了……！」札克淚眼汪汪地緊緊抱住他。

瑪荷洛為自己害札克擔心一事道歉，沮喪地垂下肩膀。要是早知道會引起軒然大波，當初鐘響時自己就該火速衝回宿舍。

雖然對想知道事情始末的札克很不好意思，但瑪荷洛的精神非常疲憊，所以早早就鑽進雙層床的下鋪。儘管沒吃晚餐，不過他也沒什麼食慾。現在只想讓腦袋休息，瑪荷洛立即蓋上毛毯。

瑪荷洛本來很納悶，為什麼點名時間還沒到就被人發現他違反門禁，不過到了隔天他就明白原因了。聽札克說，宿舍入口的那隻貓頭鷹，會檢查學生是否都回來了。那隻貓頭鷹並不是普通的貓頭鷹，據說牠是魔法科老師喬治的使魔。一旦有人違反門禁就會先通知白金三人組，由他們負責去抓違反門禁的學生。學校賦予他們特權，同時也分派工作給他們。

（居然要寫悔過書……簡直就像是問題兒童。）

瑪荷洛違反門禁一事轉眼間人盡皆知，同班的傑克等人還拍著瑪荷洛的背調侃他：「看你一副老實樣，沒想到還真有種。」

這是瑪荷洛有生以來頭一次寫悔過書，寫了半天始終沒有進展。他也趁著課餘時間一點一點補上，不斷在文章中寫著「下次不會再犯了」。由於校長並未指定期限，他花了三天才寫好三張悔過書。

「請進。」瑪荷洛趁著午休時間前去敲校長室的門，回應他的是一道清亮的嗓音。

說了聲「打擾了」後，瑪荷洛走進去，將悔過書遞給坐在辦公桌前的校長。校長的頭髮，今天變成紫色的。校長室是個陽光充足的明亮房間，牆邊擺了一排觀葉植物。大辦公桌上的文件與檔案夾堆積如山。瑪荷洛沒發現當時見到的掃帚，室內也完全沒有看似與魔法有關的奇妙小道具。

「寫好了嗎？我看看。」

校長收下悔過書，粗略看過一遍後，將悔過書拿到菸灰缸上方燒掉。菸灰缸登時燃起黃色的火焰，嚇了瑪荷洛一跳。

「火焰是黃色的。看來你真的有在反省呢。」校長笑咪咪地說，看樣子她是根據火焰的顏色判斷對方有沒有反省。

「瑪荷洛・鮑德溫，你好像對魔法以外的事都不怎麼拿手呢。」

目光被菸灰缸裡的火焰吸引過去的瑪荷洛，聞言怯怯地縮起脖子。

「其實我連魔法都不曾使用過，所以不知道拿不拿手……」

聽到瑪荷洛消沉地這麼說，校長驚訝地瞪大眼睛。

「原來你沒用過啊，難怪你會在當時露出奇怪的表情。入學測驗那天，握住石頭的時候，你什麼都沒看到嗎？以那樣的魔力量來說，我還以為你看得見呢……在魔法這方面，你真的是外行人，對吧？」校長以沉穩的口吻這麼問，瑪荷洛困惑地點頭。

「擁有魔法迴路的人若是握住魔法石，精靈就會聚集過來喔。你握住石頭時，聚集過來的精靈數量相當驚人。原來你看不見那幅壯觀的畫面，真可惜。」

校長露出陶醉的神情向瑪荷洛解釋。他都不曉得，原來當時呈現出那樣的光景。

「哎呀，就算看不見也用不著洩氣啦。因為大部分的人都看不見。姑且不談魔法能力，你其他科目的成績似乎真的都是吊車尾呢。這就是所謂的平衡吧。況且什麼都拿手的話，就會變成諾亞那種麻煩的學生。只不過你要是再不加油一點，寒假就得留下來補習囉。」

聽到校長爽快說出帶給人打擊的內容，瑪荷洛頓時陷入深沉的沮喪。他希望至少寒假能讓自己喘口氣。

「話說回來，你……真的有鮑德溫家的血統嗎？」校長突然以嚴肅的口吻問道，瑪荷洛一時不知所措，歪著腦袋。

「因為懂事時雙親就已經不在了，我也不太清楚……後來是山繆老爺收留了我。」難道校長是在懷疑自己並非五大世家的人嗎？瑪荷洛忐忑不安，小聲回答。他也覺得自己不配，而且實際上，他從來不曾被帶去參加家族聚會。

「嗯……這樣啊。沒事，這只是我的一點小疑惑罷了。當時你的身邊不僅有土之精靈，還聚集了其他屬性的精靈。你該不會是——算了，這件事現在不方便說，還是等確定之後再告訴你吧。」

校長含糊帶過這個話題，一隻眼睛衝瑪荷洛眨了一下。瑪荷洛有些失望，這感覺就好似聽得正精采時，對方卻說下集待續吊人胃口。

「不過你破壞結界這件事，著實嚇了我一跳呢。我自認布下的是相當牢固的結界說。」

校長笑道，椅背隨著她的動作發出聲響。瑪荷洛一臉茫然地回望校長。

「哦，你沒發現嗎？昨天是你破壞了湖泊的結界吧？因為還沒教到這個部分，你應該不知道咒語吧？你是怎麼辦到的？」校長一副興致勃勃的態度問道，瑪荷洛便回想當晚的情形。雖然他已經忘得一乾二淨了，但經校長這麼一提，他想起當時那裡有道看不見的牆。

「呃……我拍著結界叫它打開，然後結界就破掉了……好像是這樣。」

聽到瑪荷洛結結巴巴地這樣回答，校長一時說不出話來，仰天長嘆。

「原來如此。看來這回把危險人物放進來了呢。我說，瑪荷洛。」

校長從椅子上起身，笑吟吟地走近瑪荷洛。校長穿著胸口大開的T恤，搭配露出雙腿的短褲。這身打扮一點也不像個校長。兩人站在一起，校長要比瑪荷洛高出許多。

「你是石之精靈一類的存在嗎？」

站在眼前的校長神情認真地問，瑪荷洛回了她一聲：「啊？」

他聽不懂這句話的意思。

「我開玩笑的，不可能有這種事吧。但是很不可思議耶，我在你身上感覺到魔法石呢。」校長不客氣地打量瑪荷洛，低聲嘟噥。

「魔法……石？」

對了，諾亞也說過類似的話。

「無妨，之後應該就能知道答案了吧。好啦，你可以離開了。還有拜託你，別再破壞結界了。我可是熬夜重新布下結界呢。」

校長扭動肩膀發出咯吱咯吱的聲響，然後擺了擺手趕瑪荷洛回去。瑪荷洛也不想繼續待在校長室，但有件事他實在很想問，於是他拘謹地開口。

「那個……校長，為什麼您的髮色每天都不一樣呢？」

為什麼頭髮的顏色每天都不同呢？瑪荷洛提出這個單純的問題，結果得到「因為我用魔法變換顏色」這個簡單的答案。

「如果什麼也不做，頭髮就是白色的。你覺得我看起來幾歲？」

校長一副覺得很有趣的樣子問道，瑪荷洛很認真地動腦思考。

「看起來大約二十九歲。」

瑪荷洛覺得校長可能三十幾歲，不過保險起見，他還是把年紀估低一點。校長聞言開懷大笑。

「真可惜。我今年七十歲，是貨真價實的老太婆。外表看起來很年輕對不對？因為我施展了神祕的魔法。」

瑪荷洛十分驚訝與愕然。校長的外表看起來這麼年輕，沒想到原來是假象啊。不過仔細想想，要擔任校長一職，年紀或許至少要這麼大吧。

「原來是這樣……我的頭髮也是純白色的，還以為您可能跟我一樣。」

原本期待有機會知道自己從小就一頭白髮的原因，看來自己猜錯了。不過得知頭髮的顏色能夠用魔法改變，瑪荷洛的心中又燃起希望。畢竟染頭髮很麻煩。

「哦──你的頭髮其實是白色的呀……那說不定你真的是……」

彷彿有什麼事令她耿耿於懷一般，校長直盯著瑪荷洛喃喃自語。之後又閒聊了幾句，瑪荷洛才離開校長室。校長給人穩重的印象，或許就是因為實際年齡很大的緣故。

瑪荷洛在走廊上快步行進，走到一半發現諾亞就站在前方。正煩惱要不要跟對方打招呼時，樓下有人呼叫諾亞，隨後他就走下樓梯。雖然站在遠處看不清楚，不過諾亞似乎不太高興……

「瑪荷洛同學。」呼喚瑪荷洛的人是瑪莉。白袍底下穿著水藍色的洋裝，露出修長的美腿。

「你去了校長室嗎？最後無罪釋放？」瑪莉揚起性感的紅唇展露微笑，站到瑪荷洛旁邊。

「是的。不好意思給您添麻煩了。」瑪荷洛行了一禮後打算離開，瑪莉卻迅速伸手勾住他的手臂。豐滿的胸部壓了上來，瑪荷洛頓時慌了手腳。

「方便的話，來輔導室坐坐吧。畢竟前不久才引發事件，你需要心理輔導。」

瑪莉微笑道，強行把瑪荷洛拖走。雖然瑪荷洛覺得自己不需要接受心理輔導，但對方的力氣出乎意料的大，他掙脫不開。無可奈何之下，瑪荷洛來到位於北棟一樓的輔導室。以白色為基調的輔導室裡，陳設著小水槽、大櫃子、舒適的沙發以及獸足茶几。或許是想放鬆患者的情緒吧，茶几上還擺花做為裝飾。

「不要擔心，我是你的同伴。」讓瑪荷洛坐到沙發上後，瑪莉一邊泡香草茶一邊悄聲說。

「你的監護人是鮑德溫家的家主山繆吧。我與山繆並非完全不認識，他還拜託我照顧你呢。」

對面分明也有沙發，瑪莉卻選擇坐在瑪荷洛旁邊。見對方緊靠著自己，瑪荷洛緊張地略微挪開身子。既然瑪莉認識山繆，她是不是也知道齊格飛的事呢？雖然聽說學校禁止提起此事，不過對方是山繆認識的人，應該沒關係吧。

「那個，以前……齊格飛少爺應該也在這所學校就讀過……」瑪荷洛邊喝香草茶邊問，瑪莉當即眉開眼笑。

「對，我當然曉得。但遺憾的是他退學了……他可是一名很優秀的學生呢，無論學力還是魔力都出類拔萃。」

瑪荷洛登時雙眼發亮，上半身往前傾。他開心地暗想：真不愧是齊格少爺，即便在精英當中也是頂尖的人物。

「齊格飛很喜歡去圖書館呢，他似乎很愛看哲學書籍。我還聽說，圖書館內有個不開放的房間。那個房間裡收藏著高階的魔法書籍，齊格飛或許就是在那裡學到召喚魔法的。」

瑪莉像是在回憶什麼一般，望著天花板說道。

「哎呀，不好意思。召喚魔法是遭到禁止的魔法，你可別好奇喔。忘了我剛才說的話吧。」

她握住瑪荷洛的手，微微一笑。齊格飛在圖書館裡發現了不開放的房間，並且在那裡學會遭到禁止的魔法嗎？既然得到了這條線索，自己只能走一趟圖書館了。

「謝謝您告訴我這些事。」瑪荷洛坐立不安地喝光香草茶。

本來以為瑪莉會問自己有沒有煩惱，但她看到瑪荷洛起身便很乾脆地讓他回去。

（該說她妖豔嗎……真是一位充滿致命吸引力的老師呢……在女性稀少的這個地方，難道不會遭到襲擊嗎？）

離開輔導室後，瑪荷洛搔了搔脖子。動作再不快點，上課時間就要到了。他在走廊上快步前進，同時暗自決定放學後去一趟圖書館。

6 不開放的房間

月底，瑪荷洛寄了一份報告書給山繆。進入十月後，瑪荷洛也適應這裡的生活了，內心多了幾分從容，不過他每天仍舊過著忙碌的生活。劍術課與格鬥術課的成績依然慘不忍睹，至於槍枝組裝則遭講師批評動作太慢，等組裝好早就死了幾百次。射擊方面也不拿手，凡是跟武器有關的東西，光是拿著就讓他感到厭煩。

「瑪荷洛！不要害怕，勇敢地打下去！」

這天外頭下著雨，講師安德烈一如往常地在訓練室裡對著瑪荷洛大吼。今天的劍術課也跟以往一樣，光是要防禦練習對象的攻擊就讓瑪荷洛費盡全力。他不懂大家為什麼能毫不猶豫地朝著對手揮劍。萬一不小心害對方受傷該怎麼辦，難道他們都不會擔心嗎？

「好，今天的練習就到此為止。瑪荷洛留下來。」

聽到安德烈叫自己留下來，瑪荷洛頓時像顆洩了氣的氣球般垂下肩膀。還以為今天的課終於結束了，沒想到講師居然要求自己留下來。

「我說你啊，要再多帶一點霸氣。你的腰和腿都在閃避耶。大概是身體輕、動作快的關係，你倒是很會躲。」安德烈語氣無奈地說。

的確就是如此。瑪荷洛從小就不喜歡對他人揮拳，或是做出暴力行為，遇到這種情況時他總是到處逃竄。他肯定是這個世上，最不適合就讀軍官學校的人。

「十二月有模擬賽，到時候若沒拿下一勝，你就得再補習喔？可別以為還很久，時間一轉眼就到了。」在瑪荷洛聽從指示練習揮劍的期間，安德烈深有感觸地這麼說。

十二月有定期測驗。原來劍術課的測驗是模擬賽啊。瑪荷洛現在就已陷入沮喪之中，揮動手臂的速度也慢了下來。照現在的情況來看，自己肯定沒寒假可放了。

「我知道你很努力啦……」安德烈輕輕拍了拍瑪荷洛的腦袋鼓勵他，瑪荷洛的表情頓時不太好看。竟然連講師也把他當成小孩子對待。安德烈像是突然回過神般把手縮回去。

「抱歉，該說你實在很孩子氣嗎……總之看起來不太可靠。我不該用這種態度對待一個十八歲的男孩子哪。」安德烈笑著打馬虎眼。

瑪荷洛再度陷入沮喪狀態，做完揮劍練習後便離開訓練室。他察看手錶，現在是四點。剩下的一個小時，就在圖書館裡度過吧。

瑪荷洛穿著運動服，直接前往建在校舍左邊的圖書館。圖書館是由三棟半圓形建築物構成，三者以連接走廊互相銜接，分別收藏一般書籍與魔法相關書籍，最裡面的建築物則收藏禁止外借的書籍。

瑪荷洛進入收藏禁止外借書籍的建築物。內部很寬敞，陳設著白色桌椅。櫃檯那兒有圖書館員，只要提供書名，圖書館員就會幫忙到裡面取書。

自從聽瑪莉說齊格飛很喜歡去圖書館後，瑪荷洛就跑去圖書館到處逛，但完全沒發現齊格飛留下的蛛絲馬跡。櫃檯後方的館員室裡有放置檔案夾的櫃子，可以查詢誰借了什麼書，不過學生當然是禁止進入的。

「哦，瑪荷洛同學。」由於來過這裡幾次，擔任圖書館員的老婦人一見到瑪荷洛就露出微笑。這位圖書館員是個戴著銀框眼鏡的白髮老婦人，學生都叫她安妮奶奶。

瑪荷洛告訴安妮，他想看哲學書籍。不知為何哲學書籍全都禁止外借，只能在現場借閱，所以瑪荷洛就一點一點地慢慢看。由於不曉得齊格飛喜歡的哲學家是誰，瑪荷洛便從名著開始讀起。他想知道齊格飛都在思考些什麼。

「來，給你。要看完似乎還需要一點時間呢。」安妮看著瑪荷洛夾在書裡的書籤，笑得很開心。

「不好意思，我可以請教幾個問題嗎？為什麼哲學書籍禁止外借呢？除了我以外，還有人借閱這本書嗎？」收下安妮拿來的書後，瑪荷洛若無其事地問道。

「哲學書籍不僅昂貴，現存的冊數也不多。由於是貴重的書籍，圖書館才會慎重保管。對了，有位退學的學生也很愛看那本書呢。」

安妮笑咪咪地回答，瑪荷洛聽了之後心情很激動。那位已退學的學生，是不是指齊格飛呢？瑪荷洛走到平常坐的窗邊最角落的座位，將書放在桌上，接著拉出椅子。收藏禁止外借書籍的建築物十分冷清，今天同樣只看得到瑪荷洛一人的身影。

就在瑪荷洛安靜地翻頁閱讀時，現場響起了開門聲。

緊接而來的是逐漸逼近的腳步聲，瑪荷洛驀地抬頭，登時大吃一驚，整個人僵住。出現在眼前的是，身穿制服的諾亞。

「學長好……？」因為沒別的話好說，瑪荷洛不知所措地開口打招呼。

「你在看哲學書籍？看得懂內容嗎？」諾亞瞥了一眼瑪荷洛闔上的書，這麼問道。

「完全看不懂……」

「我想也是。你看起來也不像是喜歡哲學的人。」諾亞哼笑道。

他的意思是，自己看起來很笨嗎……？

「問你個問題。善人是指什麼樣的人？」

面對突然拋來的問題，瑪荷洛一時之間不知該作何反應。

善人……？

「呃……不會說謊的人，對嗎？」

說出瞬間想到的答案後，諾亞露出帶了點諷刺的笑容。

「假設某個地方有位老婆婆。老婆婆的女兒得了不治之症，據說只剩下半年壽命。老婆婆心想，要是說實話女兒會傷心，於是告訴她這病一定治得好。請問老婆婆是壞人嗎？」

瑪荷洛頓時語塞。

「她是……好人。要、要不然是不做壞事的人嗎？」瑪荷洛像是想到了答案般這麼說，這回諾亞露出輕蔑的冷笑。

「所謂的壞事，具體來說是指什麼樣的事？善惡會隨著看法、立場而改變。在戰爭中殺害許多人的人在敵國是重罪犯，但在自己的國家可是英雄喔。」

「這……說得、也是……」瑪荷洛被諾亞辯倒，不由得抱頭苦惱。

就這樣投降的話很令人不爽，所以瑪荷洛想再回點什麼話，但他想不出值得一提的好答案。善人是指什麼樣的人呢？無論想到什麼答案，好像都會遭到諾亞反駁，他不知道要如何回答。自己眼中的好人，在他人眼中或許是壞人。

「嗯、嗯——」

見瑪荷洛絞盡腦汁苦思惡想，諾亞一副很佩服他的樣子笑了出來。

「你很認真呢。毫不發火、不斷苦思的模樣讓人很有好感。像這樣追求不可能存在的真理就是哲學。思考是很重要的。光是看書的話，一點用處也沒有。話說回來……不管怎麼想，我還是覺得你很奇怪。不對，奇怪的是我嗎……？」

諾亞仔細打量著瑪荷洛這麼說。

每次遇到瑪荷洛，諾亞總是說他很奇怪，這是為什麼呢？

「我向來重視直覺。」

深褐色髮絲自肩膀垂落，諾亞坐到瑪荷洛放置書本的桌子上。瑪荷洛應了一聲「哦……」，仰望坐在眼前的諾亞。

「這陣子我一直在做實驗。只要往令我在意的方向走，就一定會遇到你。你究竟是什麼人？」諾亞把頭往前探，瞇起眼睛。

瑪荷洛才想問，他到底想說什麼。

「你真的——沒有偷偷攜帶魔法石嗎？」見諾亞以嚴厲的聲調質問自己，瑪荷洛頓時感到心慌。

「我真的沒偷帶……更何況我連法杖都沒有。」

魔法科的課程依然在講解基礎知識，連法杖都還沒發給一年級生。不過瑪荷洛知道，魔法石要先嵌在法杖上再使用。

「這種事我當然曉得，所以我才說你很奇怪嘛。其實，入學典禮那天……我感覺到魔法石就在附近。沒錯，我就是從你身上感覺到的。」

諾亞把臉湊近這麼說，瑪荷洛想起入學典禮那天被諾亞拖走的事。對了，校長也說過，她在瑪荷洛身上感覺到魔法石。這是怎麼回事呢？

「就算學長這麼說……我身上沒有黑色的石頭。」瑪荷洛回想入學測驗時使用的黑色魔法石，困窘地答道。

「我感覺到的不是黑色，也不是我持有的藍色。感覺像是各種顏色混在一起。」諾亞伸出右手說明。只見修長的中指戴著一枚戒指，鑲嵌在上頭的藍色石子閃閃發光。

這就是魔法石呀？只看過黑色魔法石的瑪荷洛好奇地探頭察看。那顆藍色魔法石有如寶石一般璀璨耀眼。他這才知道，原來魔法石不只能嵌在法杖上，還可以配戴在身上。

「這是成績優秀者才能獲得的守護戒指。我是聖約翰家的人，本來就會使用火魔法，所以拿到的是可提高水魔法能力的藍色魔法石。有了火與水，就能夠施展許多複合魔法。你給我的感覺，就像是各種屬性混雜在一起。只要你出現在附近，我的胸口就會躁動不已，平靜不下來呢。」諾亞奪走瑪荷洛手上的書，從桌上下來。

「你現在就找個地方躲起來。十五分鐘後，我去把你找出來。」諾亞突然提出莫名其妙的要求，瑪荷洛登時呆若木雞。

「啊？什麼……」

「去吧，現在馬上找地方躲起來。只要是在這座島上，不管躲在哪裡都行。」

諾亞擅自將書還給圖書館員，並以高壓態度催促瑪荷洛。瑪荷洛心不甘情不願地起身。雖然搞不清楚狀況，總之他必須跟諾亞玩躲貓貓才行。瑪荷洛看了一眼手錶，現在已經四點半了。寶貴的時間就這樣浪費了……

（真是蠻橫的學長耶……）

儘管內心有些不滿，但因為瑪荷洛長年待在齊格飛身邊，遵從命令的奴性早已植入骨子裡。離開圖書館後，瑪荷洛用跑的橫越中庭。

（他真的找得到嗎？我就躲在他絕對找不到的地方吧！）

瑪荷洛從圖書館前往演習場所在的森林，躲在深邃的樹叢裡。這座森林十分廣大，躲在這裡諾亞一定找不到吧。瑪荷洛看著手錶，蜷縮著身子。

（已經過了十五分鐘……差不多該回宿舍了。）

反正諾亞又不可能找得到他。瑪荷洛不以為意地暗想，察看手錶。大約過了五分鐘後，瑪荷洛聽到了腳步聲。正當他心想「怎麼可能」時，來者霍地猛力撥開枝葉。

「你看！我真的知道你的位置！」見興奮不已的諾亞朝自己逼近，瑪荷洛瞪著雙眼大叫：「咦——！」

本來以為絕對是諾亞的錯覺，沒想到他真的找到了自己。雖然瑪荷洛懷疑諾亞可能偷偷觀察自己的行動，但來到這裡的路上他都有掩蔽行蹤。

「老實說，我還是頭一次這麼在意別人。」諾亞將瑪荷洛拉出樹叢，然後捧住他的臉頰。

「我該不會是喜歡你吧？」諾亞的嘴裡迸出一句離譜的話，瑪荷洛錯愕到說不出話來。

喜歡？他不明白這是什麼意思。瑪荷洛勉強可以理解無論自己在哪裡，諾亞都找得到他的事，但他無法理解諾亞怎會喜歡自己。

「這、這是學長的錯覺……吧？」見諾亞的臉龐湊了過來，瑪荷洛漲紅了臉，慌張到講話都走音了。

美麗的藍色眼眸凝視著瑪荷洛。諾亞真的很俊美，不難理解為何許多學生都對他著迷。

「或許吧。但正因為如此，我想瞭解你的內在。今晚來我的房間吧。」

諾亞的指腹滑過瑪荷洛的嘴唇，瑪荷洛嚇了一跳，身子往後一挪。這就是所謂「夜晚的邀約」嗎？他太過震驚，險些腿軟。

瑪荷洛對這方面很生疏，也不曾跟女性發生過關係。他甚至不曾談過戀愛。面對意想不到的邀約，瑪荷洛的臉龐立刻發熱發燙。這美男的意思是，他只是因為想瞭解自己的內在，才想跟自己發生性行為嗎？瑪荷洛的頭腦一片空白。

「我、我可是男人耶……？」說不定他沒搞清楚最根本的問題。瑪荷洛往後退，如此強調道。

「看也知道你是男的。放心吧，我也不曾跟男人上過床。雖說因為這張臉的關係，接近我的男人少說有五萬個。我確實也沒料到，自己會受你這種遲鈍小矮人的吸引。可是直覺告訴我，我命中註定的對象就是你了，一定要得到你才行。」

瑪荷洛越是往後退，諾亞越是逼近他，最後更抓住他的上臂。

「可是，呃，我並不喜歡……學長你……」瑪荷洛怕自己會迫於諾亞的氣勢而被他拐走，於是把心一橫開口拒絕他。

「我很感謝學長願意告訴我齊格少爺的事，但這和那是兩回事吧……」見瑪荷洛拚了命地找藉口，諾亞重重地嘆了口氣。

「瑪荷洛。」

諾亞那雙細緻的手包覆住瑪荷洛的雙耳。彼此的額頭相抵著，那張完美無瑕的俊美臉龐直勾勾地望著他。

「看著我的眼睛。」澄澈的藍色眼眸緊盯著瑪荷洛。平常諾亞總是你啊你的喊他，此刻卻叫了他的名字，不准他移開視線。

「如此俊美又完美的我都表明想要你了耶。你說，除了點頭以外，還有什麼好猶豫的？」像是要洗腦渾身僵硬的瑪荷洛一般，諾亞以勾魂攝魄的美聲呢喃細語。就在瑪荷洛心想，再這樣下去自己會不會真被諾亞拐了的瞬間，諾亞的背後出現一道人影。

「喂。」

用聽似不悅的語氣叫喚他們的人，原來是里昂。身穿制服的里昂，皺起眉頭瞪著諾亞與瑪荷洛。諾亞沒有一絲驚慌，只把頭轉向後方。

「就快五點了耶，你們又想破壞規則嗎？而且我還聽到了不像樣的話。」

里昂似乎是看到瑪荷洛在演習場裡亂跑，出於擔心而過來找他。瑪荷洛心想「得救了」，連忙從諾亞的手中逃開。

諾亞從鼻子發出一聲冷哼，將身體轉向里昂。

「我向一年級生求愛有什麼問題嗎？學校並沒有特別禁止性行為吧，只要雙方都同意就行了。在引人注目的地方做那檔事當然是沒常識的行為，不過幸好我住的是白金套房。不管要帶誰進房間，其他人都沒資格說三道四。」諾亞整個人轉過來面對里昂，滿不在乎地這般主張。里昂似乎有點嚇到，偷眼看向瑪荷洛。見瑪荷洛滿臉通紅搖了搖頭，他隨即板起臉來。

「回宿舍去。」里昂對著瑪荷洛抬起下巴說道。

這是在暗示自己趁現在快走吧。正好鐘塔的鐘聲在此時響了起來，瑪荷洛一溜煙地逃離兩人身邊。諾亞與里昂陷入了爭吵。瑪荷洛告訴自己不可以好奇，匆匆忙忙回到宿舍，衝進自己的寢室。

「瑪荷洛，你怎麼了？臉好紅喔。」

坐在書桌前念書的札克驚訝地瞪圓了雙眼。瑪荷洛搓了搓發紅的臉頰，喃喃回答：「沒事。」

要是里昂沒過來，現在會是什麼情況呢？沒想到諾亞居然會向自己提出那種邀約。他到底想幹什麼呢？只是在捉弄自己嗎，又或者是真心的？

（原、原來諾亞學長也能接受男人……）

瑪荷洛更換衣服，臉色一陣紅一陣綠。自己竟然接到五大世家貴族的夜晚邀約，他一點真實感也沒有。不管怎麼看他都是個男人啊，難道諾亞是不在乎這種事的人嗎？又或者正因為是男人，諾亞覺得可以隨便玩玩？

（下次諾亞學長要是再逼迫自己，一定要清清楚楚地拒絕他才行。嗚嗚。自己實在很難抵擋那張俊臉的注視，搞得我都不好意思加入魔法社了。）

前幾天才有人告訴他，魔法社要復社的消息。諾亞的邀約太令人震驚，讓瑪荷洛的內心始終平靜不下來。

到了週末，做完彌撒後，瑪荷洛便一直窩在寢室裡寫報告。星期日做完彌撒後就是自由時間，只有這個時候眾人才能各自做想做的事。假日大部分的人都穿便服。瑪荷洛則是穿白襯衫再套上一件開襟衫，下半身穿長褲，一副休閒打扮。

中庭傳來學生們打板球的吆喝聲，走廊則聽得到嬉笑聲。假日學校會開放演習場，因此也有人騎馬遠遊。札克如願加入魔法社，盡情享受青春。瑪荷洛原本也想入社，但後來因為諾亞向他求愛而決定作罷。他不想製造跟諾亞單獨相處的機會。

「瑪荷洛，交誼廳現在有好戲可看喔！」

上午寫完報告後，瑪荷洛在前往餐廳的途中，被同班的傑克與比利叫住。他們硬是把瑪荷洛拉去交誼廳，只見裡頭聚集了一大群人。交誼廳外面的走廊上也是人山人海。

「真不敢相信，他居然派女王出來戰鬥！」

交誼廳內傳來歡呼聲，瑪荷洛好奇地隔著人牆察看眾人注目的地方。只見交誼廳的大桌子上擺放著模擬練習用的戰略棋盤遊戲，身穿制服的諾亞與看似高年級生的學生正在進行一對一的較量。棋盤遊戲是戰略課會使用的教學工具，學生要依照各種地形配置士兵，然後與假想敵作戰、較量。此刻學生們就是在一旁觀看，諾亞與另一名學生之間的戰爭。

「他、他們在做什麼?那個人是誰?」

瑪荷洛詢問傑克，於是他攀著前面那位學生的肩膀，一臉興奮地向瑪荷洛說明。

「沙薩畢學長是不曾在戰略課留下敗績的三年級生喔!剛才，諾亞學長派女王出來戰鬥，大家都看傻了眼。沙薩畢學長也被這種難以置信的戰術嚇到，失去冷靜了呢。他剛剛失誤了。」

轉播戰況的傑克看上去很開心。保護女王並與敵人作戰是棋盤遊戲的致勝公式，但諾亞似乎刻意將女王移到了戰鬥區域。雖然個子嬌小的瑪荷洛看不清楚戰況，但從學生們的歡呼聲可知，這場較量是諾亞贏了。

「正當敵兵包圍女王時，諾亞學長的士兵阻斷敵方的補給，最後獲得了勝利！」傑克與其他學生一同為諾亞的勝利歡欣鼓舞。

「——為什麼要做出這種愚蠢的行為！女王要是死了，你打算怎麼辦！」彷彿要打斷眾人的歡呼一般，沙薩畢發出怒吼。他並不是氣自己輸了，而是氣諾亞採用了難以置信的戰法。現場頓時鴉雀無聲，眾人皆屏氣斂息看著沙薩畢與諾亞。

「我才想叫你別講蠢話。首腦這個位置，多得是可以替換的人選。王家的血統，根本沒有任何價值。真正重要的，應該是讓國家存續下去吧。」跟氣憤的沙薩畢不同，諾亞用輕鬆的語氣回答。實在無法想像說出這席話的人，竟是五大世家的直系子弟，而且還擔任過在校生代表。

不過，諾亞就是這樣的人吧。

瑪荷洛獨自離開鬧哄哄的交誼廳。他深深覺得，諾亞是個怪胎。也許優秀的人都有著某種缺陷吧。不過，只要具備那樣堅定的自我，無論什麼樣的人生都能過得隨心所欲吧。

「結束了嗎？」在走廊上行走的瑪荷洛半路遇到了提歐，他望著交誼廳的方向問道。

「啊，是。應該結束了。」

提歐問的是諾亞吧，於是瑪荷洛點頭回答，但不知為何對方卻從頭到腳仔細端詳了他一番。

「諾亞少爺似乎對你非常感興趣。」

瑪荷洛心頭一驚，立刻繃緊神經。

「諾亞少爺的父親託我監督他，別讓他在這所學校裡做壞事。」提歐面不改色，在瑪荷洛的耳邊低聲說道。原來提歐不是朋友，而是監督者啊。

瑪荷洛目瞪口呆地回望著提歐。難道他是來警告自己別接近諾亞嗎？

「如果諾亞少爺強迫你，請儘管告訴我，我會想辦法制止他。諾亞少爺雖然很優秀，但缺點是不聽別人的意見。」

瑪荷洛本來以為提歐會生氣，見對方微微點頭行禮，讓他很意外。

「麻、麻煩學長了……」下意識地低頭道謝後，瑪荷洛便與提歐道別。

滿腹狐疑的瑪荷洛前往餐廳，一個人吃起午餐。剛才的風波結束了吧，興奮之情絲毫未減的傑克與比利也來到餐廳，跟瑪荷洛同桌吃午餐。

「哎呀，諾亞學長真是帥呆了。長得好看頭腦又好，魔法也很厲害，我要是女人一定會主動獻身要求抱我。」比利一臉如痴如醉的神情回想著諾亞的英姿。

瑪荷洛差點忍不住把正在喝的薑汁汽水噴出來。

「笨蛋。像你這樣的肌肉男要是變成女人，鐵定很傷眼吧。諾亞學長中意的，可是這種嬌小的生物啦。」傑克指著瑪荷洛笑道。

結果瑪荷洛還是把薑汁汽水噴出來了。

這兩個人最近都練出了明顯的肌肉，因此很愛攝取蛋白質。瑪荷洛嚼著雞蛋三明治與炸魚薯條，在一旁聆聽他們的對話。兩人炫耀了一會兒自己的肌肉後，將話題轉移到瑪荷洛身上，他們對於諾亞看上瑪荷洛一事感到很不可思議。

「就算跟諾亞學長搭話，他也只會回給我看到害蟲似的眼神呢。」

傑克一副不甘心的樣子握著拳頭。想當初，瑪荷洛也受過這種待遇。

要是繼續在餐廳磨蹭，諾亞可能會回到這裡，於是瑪荷洛趕緊吃完午餐，接著前往圖書館。自從接到夜晚的邀約後，每次遇見諾亞，瑪荷洛總是拔腿狂奔逃離現場。雖然瑪荷洛並不討厭諾亞，但跟諾亞對話似乎會被他牽著鼻子走，所以才想跟他保持物理距離。

確定諾亞不在後，瑪荷洛踏進圖書館。萬一他又憑著什麼直覺力找過來，那該怎麼辦？瑪荷洛這般胡思亂想，邁著腳步接近櫃檯。

（奇怪，安妮不在。）

無論櫃檯還是後方的館員室都不見安妮的身影。就算是星期日，她也一定會在這裡呀。

（這不是個好機會嗎？萬一被發現，只要拿安妮不見了當藉口蒙混過去就行了。）

瑪荷洛左顧右盼，握住櫃檯後方館員室的門把。門沒上鎖。於是他趁著這個千載難逢的好機會，溜進了館員室。他怕安妮人在看不見的死角，所以還先將室內掃視了一遍，但到處都沒見到人影。

（假如圖書館真有不開放的房間，入口肯定就在這裡的某個地方了。）

瑪荷洛始終很在意，之前瑪莉提到不開放的房間。除了這個房間以外，其他地方他都找遍了。瑪荷洛趕緊調查櫃子的縫隙與書本的後側。他心急如焚，因為安妮隨時都有可能回來，得快點找到入口才行。

「你在做什麼？」聽到耳熟的聲音，瑪荷洛嚇得跳了起來。身穿制服的諾亞，就站在館員室的入口處。還以為他正在吃午餐，結果失算了！

「真是個壞孩子耶，居然擅自跑進來。」諾亞語帶調侃地說。

瑪荷洛往後退了幾步。剛剛他急著找出不開放的房間入口，兩隻手到處亂碰亂摸一通。就在他往後退，手碰到牆壁的瞬間，身體忽然搖晃了一下。

（咦——）

手分明碰到了牆壁才對，但不知為何身體卻有股飄浮感，瑪荷洛急忙將手伸了出去。諾亞則不假思索地立即抓住他的手。

「唔哇……！」

瑪荷洛抓著諾亞的手往後倒。諾亞想救瑪荷洛卻沒救著，反而跟著他一起摔下去。

「好痛……喂，你──」

瑪荷洛先是覺得自己飄浮起來，而後背部就受到強烈的撞擊。回過神時，瑪荷洛已跟諾亞跌成一團。諾亞攢眉蹙鼻，從瑪荷洛的身上爬起來。他話說到一半就頓住，渾身散發著緊張感。瑪荷洛慌張地站起來，眼前的景象令他驚訝到說不出話來。

剛才自己確實待在櫃檯後方的館員室裡。

然而不知怎的，此刻卻出現在陰暗的房間裡。花朵圖案的壁紙、一套會客家具、暖爐，以及笨重的書櫃──瑪荷洛興奮地環顧房內。不可思議的是，這個房間既沒有門也沒有窗戶。光源只有一盞吊於天花板的枝形吊燈，而且光線頗為微弱。

「這是什麼地方？」諾亞一副覺得稀奇的樣子張望四周。

「不開放的房間──果然真的存在。」瑪荷洛心跳加速，走近書櫃。書櫃裡擺著一大排看似近期製作的檔案夾，中間還夾雜著看起來很老舊的書籍。

之前瑪荷洛覺得，不開放的房間裡收藏著導致齊格飛失蹤的原因──記載了召喚魔法的魔法書籍。然而他試翻了幾本厚重的書，卻沒找到看起來像魔法書籍的著作。這裡收藏的全是歷史書籍。

「你說這裡是不開放的房間？對了，齊格飛好像說過圖書館裡有著某個祕密……你真厲害耶。你是怎麼找到這個房間的？」諾亞的眼睛都亮了起來。

他比瑪荷洛還要興奮，一面嘖嘖讚嘆，一面察看櫃子、牆壁與家具。瑪荷洛這回拿起檔案夾。

（這不是魔法書籍吧……）

瑪荷洛啪啦啪啦地翻著檔案夾。這時諾亞像是被勾起興趣一般，拿起瑪荷洛手中的檔案夾。檔案夾的書背上寫著「危險人物名單」，瑪荷洛頓時茫然不知所措。

「這玩意兒相當不妙呢。」諾亞的眼神隨即變得銳利，他專注地細看檔案夾內的文書。瑪荷洛則在一旁斂聲屏氣。

「這是危險人物的名冊。裡頭記載的……都是我不曾聽聞過的資訊。」

諾亞急急忙忙翻起檔案夾。檔案夾裡不僅有危險人物的相片與引發的事件梗概，還記載了該名人物的個人檔案、家庭背景，以及現在的狀況。

「不開放的房間，原來是藏機密文件的地方嗎……？」諾亞似乎按捺不住好奇心，一本接著一本瀏覽這些檔案夾。瑪荷洛也抽出另一本相同名稱的檔案夾，翻開一看，目光停留在「政變」這兩個字上。

「咦……」瑪荷洛的心臟漏跳了一拍。

因為他看見湊巧翻到的那一頁上所刊登的相片，以為那個人是齊格飛。但仔細一看，這個人的年紀與齊格飛不同，容貌也比齊格飛來得凶橫。而且，這個人的頭髮是紅色的。

「怎麼了？那是什麼？」諾亞注意到瑪荷洛的驚愕反應，探頭察看他手中的檔案夾，而後皺起眉頭。

記載在這份檔案上的名字為亞歷山大・瓦倫帝諾，他是距今約二十年前想在這個國家發動政變的人物。此人似乎是闇魔法一族，他成立邪教團體「神國崔尼諦」，企圖與信徒一起發動政變。所幸軍隊及時鎮壓，成功防範事件於未然，但教祖亞歷山大最後選擇自盡，因此未能查明該組織的詳情。

關於闇魔法一族，在這個國家可謂無人不知無人不曉。他們不同於五大世家，是駕馭闇魔法的家族，曾經使這個國家陷入恐懼之中。闇魔法基本上是用來殺人的魔法。這個國家的人民從小就被灌輸「不能與闇魔法扯上關係」、「闇魔法是禁忌」等觀念。據說這個駕馭闇魔法的家族如今已滅亡，不過……

「……長得好像齊格飛啊。」諾亞對著凝視亞歷山大相片的瑪荷洛喃喃自語。

瑪荷洛立即闔上檔案夾，塞回書櫃裡。不可能。齊格飛是五大世家──鮑德溫家家主的獨生子，怎麼可能長得像發起政變的危險人物。

「喂……」

瑪荷洛走到房間角落，蹲了下來。諾亞以聽似擔心的語氣出聲喚他，但瑪荷洛充耳不聞，抱膝而坐。自從看了亞歷山大的檔案後，瑪荷洛的心臟就跳得飛快。不安與疑惑湧上了心頭。因為看到相片時，瑪荷洛想起了一件事：他曾見過一次齊格飛頂著紅髮的模樣。

『瑪荷洛，不可以告訴別人喔。因為我也跟你一樣。』

齊格飛拿出染髮劑，並且這般囑咐瑪荷洛。當時齊格飛的眼神異常駭人，瑪荷洛乖乖點頭，身子抖個不停。因為山繆與他的妻子瑪格麗特都是黑髮。

那個時候，浮現在瑪荷洛腦中的是，小時候聽過的童謠。

『紅毛鬼來了，來殺人了，好孩子快回家……』

在杜蘭德王國，紅髮被視為不吉利的象徵。

「喂，你沒事吧？」突然有人推了推瑪荷洛的身子，讓他回過神來。諾亞一臉擔憂地看著瑪荷洛。

他都忘記這裡是哪裡了。

「對、對不起……」

見瑪荷洛耷拉著腦袋，諾亞便拉著他的手，將他帶到沙發那兒。

「齊格飛身上藏著祕密。」諾亞開口，對著並肩而坐的瑪荷洛這麼說。瑪荷洛不禁仰頭望著諾亞，發現那張俊美的臉龐略顯猙獰。

「第一次見到他時我就有這種感覺。那小子……跟普通人不同。不僅不相信任何人，也沒把其他人放在眼裡。雖然這點我也沒資格說別人，不過看了剛才的檔案後，我覺得許多方面都解釋得通了。」

「那個人跟齊格少爺沒有關係！」回過神時，瑪荷洛已大聲喊了出來。

登記在危險人物名單中的人物，不可能跟齊格飛有所關聯。瑪荷洛欠身握緊拳頭，諾亞則以冷靜的眼神回望著他。

「但這非常足以說明他為什麼會失蹤吧？」諾亞這句話扎著瑪荷洛的心。

他認為諾亞說得沒錯。雖然不曉得登記在檔案夾裡的那個人跟齊格飛有什麼關聯，假如兩者之間真有某種關係，這的確能成為失蹤的原因。如果知道近親是企圖發動政變的人物……

「嗚……」想像齊格飛受到的打擊與痛苦，瑪荷洛不禁眼泛淚光。自己什麼也做不了，讓他懊惱得無以復加。

「喂，有必要哭嗎？」諾亞以傻眼的語氣說道，拉著瑪荷洛的手臂，讓他坐回沙發上。然後摸了摸瑪荷洛的頭，摟住他的肩膀。

「齊格飛真幸福啊。不過坦白說，我不懂你為什麼那麼仰慕他……」諾亞對著抽抽搭搭的瑪荷洛喃喃說道。

瑪荷洛本想告訴諾亞，齊格飛是個溫柔體貼的人，卻突然說不出口。因為他想起齊格飛對待傭人的態度。齊格飛只對瑪荷洛溫柔體貼。他很喜歡瑪荷洛，總是把瑪荷洛放在身邊，讓瑪荷洛照料自己的日常生活。偶爾也有崇拜齊格飛的貴族子弟或傭人嫉妒瑪荷洛，這種時候，刁難瑪荷洛的那個人下場就很悽慘。

瑪荷洛曾勸過齊格飛，希望他也能對其他人說些體貼的話語。齊格飛聞言只是面帶微笑，回了他一句「你是在批評我嗎？」

當時瑪荷洛感到不寒而慄。齊格飛天生就是絕對的王者，下位者的批評指責乃是罪該萬死的行為。幸好瑪荷洛不曾做過會受罰的事，但從此以後，每次要跟齊格飛說話時，瑪荷洛總是小心翼翼。

「這件事……我該告訴山繆老爺嗎？」

瑪荷洛抹掉眼淚，一籌莫展。雖然找到了有可能是失蹤原因的線索，但告訴山繆的話，他怕會導致意想不到的後果。瑪格麗特該不會紅杏出牆吧？……瑪荷洛的腦中閃過不好的臆想。

「這件事應該要公開吧。反正齊格飛都已經下落不明了嘛。」諾亞一副理所當然的口吻這麼說，瑪荷洛陷入沉思。諾亞以指尖碰觸瑪荷洛的頭髮。他望著瑪荷洛的髮旋，像是被勾起興趣一般拉扯髮絲。

「你有染髮嗎？」諾亞以指尖滑過變白的部分，這般詢問瑪荷洛。

「啊，有。差不多該重染了……如果不染，我的頭髮就是純白色的。」

這麼說來，最後一次染髮已是將近三個月前的事了。行李箱裡有準備染劑。等晚上或之後再重染一次吧。

「你才這個歲數就有少年白了嗎！之前受了那麼多苦嗎？」見諾亞大吃一驚，瑪荷洛紅著臉揮開把玩頭髮的那隻手。

「不是的。打從懂事時起，我就已是一頭白髮了……」瑪荷洛告訴諾亞，就連在短暫生活過的孤兒院裡，他也是出了名的白子。諾亞似乎突然萌生興趣，仔細觀察瑪荷洛的腦袋瓜。

「雙親都去世了呀，那你不就過得非常辛苦嗎？先不談這個了，我覺得你特別的白耶。是天生的嗎？」

「對。如果長時間站在陽光強烈的地方，我就會昏倒，皮膚也會變得紅通通的。」

見諾亞挽起自己的衣褲將手腳露出來，瑪荷洛頓時慌張起來。諾亞就像是找到有趣的玩具一般，觀察瑪荷洛的皮膚，「別再染頭髮了。」

諾亞強行拉起瑪荷洛的腳踝，使得他倒在沙發上。不知為何，諾亞抓著瑪荷洛纖細的腳踝，脫起了他的鞋子。

「咦？可是白髮很引人注意……呃，為什麼要脫掉我的鞋子？」看到兩隻鞋子都被諾亞脫掉，瑪荷洛感到困惑。

「有什麼關係，我認為白髮絕對比較可愛。不，慢著，要是太過可愛，或許會多出不少跟我一樣嗜好特殊的傢伙……那可就麻煩了。」諾亞嘀嘀咕咕喃喃自語，接著打算解開瑪荷洛的襯衫鈕釦。瑪荷洛連忙按住諾亞的手，表情變得緊繃僵硬。他都忘了，這個人之前才向自己提出夜晚的邀約。

「別那麼小氣。讓我看一下你的身體啦。」諾亞拉扯瑪荷洛的開襟衫。

「不給你看啦！你在說什麼啊！」瑪荷洛察覺到自己的貞操面臨危機，決定遠離這張沙發。鞋子被扔到房間角落了。要是提歐在這裡，就能馬上向他求救了說！瑪荷洛心想「得快點離開這個房間才行」，趕緊穿上鞋子，然後碰了碰牆壁，結果沒有任何反應。

對了，剛剛能進到不開放的房間完全是機緣巧合。現在該怎麼做才出得去啊？

「要在這個狹窄房間內玩我追你跑呀。我是不討厭這種遊戲啦。好吧，你應該能讓我享受到追逐的樂趣吧？」諾亞露出惡魔般的邪笑，慢慢逼近瑪荷洛。

「現、現在不是說這種話的時候！還不知道要怎麼離開這裡耶！」

瑪荷洛推開追上來的諾亞，對著牆壁到處亂碰亂摸。結果依然沒有任何反應。諾亞似乎也終於注意到事情的嚴重性，但他並不像瑪荷洛那樣認真地尋找出口。

「既然出不去，這樣正好呀。好啦，你就脫光一下吧。我想看看全部的你。」諾亞輕鬆拎起拚命尋找出口的瑪荷洛，將他放在地毯上。瑪荷洛著急想逃，但諾亞騎在他的腹部上，害他無法動彈。

「不要！我死都不要！」瑪荷洛滿臉通紅地抵抗，但諾亞的身體太重，讓他根本動不了。

這男人看起來苗條，其實身上有著結實的肌肉。諾亞眉開眼笑地剝掉瑪荷洛的開襟衫。

「你別亂動，我可不想動用魔法。就算是我也知道，用魔法束縛你是卑鄙的行為。」諾亞巧妙避開瑪荷洛的手，解開鈕釦將襯衫完全敞開。上半身接觸到外面的空氣，激得瑪荷洛驚叫一聲。

「唔哇！你好瘦喔……肚子是雪白色的耶，而且皮膚還很光滑。」諾亞的大掌一撫摸腹部，瑪荷洛便忍不住打起哆嗦。他想制止諾亞的手，然而他的抵抗對諾亞而言似乎都不痛不癢，那隻手依然在他身上恣意亂摸。

「乳頭是粉紅色的呢。糟糕，興奮起來了。」諾亞接著搓揉瑪荷洛的胸部，指尖捏住乳頭，嚇得瑪荷洛渾身一顫。儘管瑪荷洛的雙腳亂踢亂蹬，但這樣的抵抗似乎對亢奮的諾亞起不了作用，最後兩邊的乳頭都遭到玩弄。

「請、請你住手……！」

瑪荷洛從來不曾注意過自己的乳頭，但被諾亞的手不停玩弄後，他漸漸興起一股奇怪的感覺。瑪荷洛雙頰泛紅瞪著諾亞，這時諾亞停下動作，目不轉睛地看著他。

「……糟糕，勃起了。」諾亞將臉湊近，低聲這麼說。

瑪荷洛頓時倒抽一口涼氣，渾身僵硬。諾亞勃起了，也就是說……他對這種狀態的自己……？瑪荷洛驚恐萬分而扭動身軀，結果腹部碰撞到一個硬物。這、這是……!?

「別擺出那種表情。最吃驚的人是我才對。真不敢相信，我竟然光看裸體就勃起了。連青春期都沒這麼容易衝動耶。看樣子，我是真的迷戀上你了。」

「你你你……你在胡說什麼啊！」瑪荷洛陷入恐慌，尖聲大叫。

諾亞瞇起眼睛。

「——我可以……繼續下去嗎？」他用試探的語氣詢問，瑪荷洛立即猛搖著頭。

「不可以！我、我不要，這種行為已經是霸凌了！」瑪荷洛大聲回絕，想方設法要讓諾亞改變心意。

「說得也是。即便是我也明白，霸王硬上弓是不對的。不然這樣吧，我就此打住，但你可以讓我吻一下嗎？」諾亞提出意想不到的交換條件，瑪荷洛的頭腦登時一片空白。

「我就先靠接吻忍一忍。」

諾亞將手撐在瑪荷洛的頭旁邊，縮短彼此的距離。怎麼辦？怎麼辦？瑪荷洛內心一片混亂，視線飄移不定。要是拒絕，自己就得跟諾亞做愛嗎？接吻總比做愛好……？

「問你個問題。要如何向沒接過吻的人，說明什麼是接吻？」

面對突如其來的問題，瑪荷洛努力轉動腦筋思索答案。

「實際示範給他看，對嗎……？」

諾亞嘴角漾著笑意，以自己的脣碰觸瑪荷洛的脣。他還以為這是哲學問題，原來不是嗎？柔軟的觸感包覆著脣瓣，瑪荷洛整個人都僵住了。本來以為只碰一下就結束了，沒想到諾亞猶如確認一般舔拭、吮吸瑪荷洛的嘴脣。

「嘴巴張開。」諾亞揉捏著耳垂這般命令道，瑪荷洛不自覺地張開嘴巴。諾亞將舌頭探入他的口中，一股奇妙的感覺頓時湧上心頭。

（唔、唔哇……）

諾亞吸吮著他的舌頭與脣瓣，舌尖在他的口中鼓搗著。不曾有過的感覺，令瑪荷洛驚慌失措、氣息紊亂。他都不曉得，接吻竟是如此黏黏糊糊糾纏不休

的行為。原來不是碰一下而已啊。彼此的唾液混合在一起，瑪荷洛喘不過氣，心臟激烈跳動。諾亞的脣既火熱又柔軟，始終黏著瑪荷洛的脣不肯分開。

「……這是你的初吻嗎？」諾亞扣著瑪荷洛的後頸，在他耳邊低喃。

瑪荷洛以重獲自由的嘴巴賣力喘氣，諾亞的脣再度疊上他的脣，換個角度貪婪地品味。諾亞吸吮舌頭製造出聲響，使得瑪荷洛全身沒了力氣。他逐漸搞不清楚自己正在做什麼，每次製造出水聲，眼前的景象便忽明忽暗。

「……唔！」

諾亞一再品嘗瑪荷洛的脣，絲毫不覺得膩。瑪荷洛頭腦發昏，眼泛淚光。諾亞的手冷不防伸向他的胸口，再度捏住他的乳頭。瑪荷洛頓時渾身一顫，推開諾亞的身體。

「呿！還是不行嗎？」

發覺瑪荷洛全身緊繃僵硬，諾亞這才像是死心了一般從他身上離開。瑪荷洛拖著僵硬的身子移動到房間角落，抱膝而坐。心臟狂跳不已，體溫隨之飆升。真不敢相信，自己居然跟諾亞接吻了，而且還是很濃烈的深吻。

（為什麼我……勃起了呢？）

發現自己的身體出現難以置信的變化，瑪荷洛的頭都昏了。都是因為初吻太過刺激，才會使身體產生變化。

「——記得你說過，你之前都住在齊格飛家對吧？那小子沒對你下手嗎？」

諾亞露出打探似的眼神，瑪荷洛聞言猛力搖了搖頭。

「齊格少爺才不會做出這種事……再說他也沒飢渴到要對我這樣的人毛手毛腳。」以強硬的語氣脫口反駁後，瑪荷洛突然想起了往事，內心有些慌亂。

齊格飛不曾對瑪荷洛做出帶有性意味的舉動。不過，若有第三者想對瑪荷洛做出那種行為，他會毫不留情地狠狠教訓對方。

（這已經是很久以前的事了，忘了吧……）

「諾亞學長是變態……」瑪荷洛瞪著躺在地上的諾亞，但他只是輕輕甩手反駁。

「什麼變態。這種事無論對象是女人還是男人，基本上沒什麼差別。不過，齊格飛沒碰過你倒是很令我意外，而且是令人驚喜的意外。等我一下，我現在就回想會讓人瞬間軟掉的黑暗往事。」

諾亞看似不悅地皺起眉頭，閉上眼睛陷入沉思。瑪荷洛戰戰兢兢地看向諾亞，這時他才注意到諾亞戴著頸環。銀色頸環上的鑽石閃爍著璀璨的光芒。那只頸環平常都藏在制服底下吧，瑪荷洛之前都沒發現。

過了一會兒，諾亞霍地坐起來，彷彿面臨世界末日一般抱住腦袋。

「啊——軟掉了。原本不想再想起這件事的。」

雖然不曉得是怎樣的往事，看樣子那是一段令諾亞表情扭曲的記憶。得知諾亞不會再做出蠻橫無理的舉動後，瑪荷洛終於放下心來。這種行為應該要與所愛之人一起做才對，不該被氣氛牽著走。

「諾亞學長，原來你戴著頸環啊……」瑪荷洛看著諾亞的脖子，忍不住脫口問道。

「哦，你說這個啊。嗯……這是有緣故的。」諾亞摸著脖子，含糊帶過這個話題。看來他不太希望別人問起這件事。

「好，那就來找出口吧。」諾亞終於有這個打算了，他伸手沿著牆壁到處摸索。瑪荷洛也恢復冷靜，將凌亂的服裝整理好後，與諾亞一起調查牆壁。

「沒辦法，使用魔法吧。」

兩人花了大約三十分鐘調查各個地方，但沒發現任何蛛絲馬跡，於是諾亞取出法杖。法杖似乎就收在制服內袋裡。

「使魔布魯，速速現身。」

諾亞對著空無一物的空間這般念誦後，法杖前端便冒出白煙，轉眼間化為狗的形狀。現身的是有著黑黝黝的柔韌身軀、長相凶悍的比特犬，那是諾亞的使魔。使魔一看到瑪荷洛就眼放精光，十分激動地聞起他的氣味。牠不僅一直發出低吼聲，還流著口水，真的好可怕。

（這樣的美男，居然配上這樣的猛犬！）

如今瑪荷洛已知曉諾亞的本性，所以能夠理解，但不瞭解他的人肯定會很吃驚。

「布魯，去找入口。如果不知道在哪兒，就找不對勁的地方。」諾亞拉開用鼻子頂瑪荷洛的使魔，如此命令牠。

使魔的名字似乎叫做布魯。牠聽從諾亞的命令，聞起牆壁與櫃子尋找出入口。繞了一圈後，牠對著牆壁的某一點吠了一聲。諾亞調查了那個地方，但沒有任何反應。

「你來試試看。」

在諾亞的催促下，瑪荷洛將手掌貼在牆壁上，同時在心中默念「我想出去」。

「打開。」他懷著近似祈求的心情這麼說後，牆壁突然扭曲變形。

就是這裡沒錯。瑪荷洛把手遞出去，抓著諾亞的手，一起往牆壁的外側倒去。

——當空間的扭曲消失不見時，瑪荷洛他們回到了櫃檯後方的館員室。所幸，圖書館員安妮不在這裡，於是他們趕緊離開圖書館。鐘塔的指針落在四點半的位置上。見時間沒有自己想像的那麼晚，瑪荷洛鬆了一口氣。

「我說你啊……」行經連接走廊時諾亞主動搭話，瑪荷洛滿臉通紅，連忙與他保持距離。

想起剛才的行為，瑪荷洛覺得很難為情，實在不敢看諾亞的臉。

「以後不可以再做那種事！」瑪荷洛語速飛快地大聲說道。

「什麼嘛，反正你又不覺得討厭。」諾亞配合快步前進的瑪荷洛，走在他的旁邊。布魯大概是想咬轉為小跑步的瑪荷洛吧，牠跟在後面不斷嗷嗷叫。

「我覺得討厭！我不願意做那種事！」

「少騙人了。你明明就覺得很舒服。」

「為什麼學長要講這種話啊！」瑪荷洛一邊小跑步一邊跟諾亞鬥嘴，擦身而過的學生都向他們行注目禮。正要進入校舍時，前方出現一道人影，瑪荷洛急忙停下腳步。跟在後面的布魯衝撞他的膝窩，害他腿軟了一下。

「哎呀，怎麼了？吵吵鬧鬧的。」

諾亞周身的氛圍突然變得冷硬，瑪荷洛轉身面向旁邊。身穿白袍的瑪莉就站在那裡。

「對、對不起。」

因為人家說走廊上不得奔跑，瑪荷洛趕緊低頭道歉，身後的布魯則對著瑪莉激動狂吠。牠的眼睛都吊了起來，似乎就要撲了上去。看來布魯很討厭瑪莉。

「不可以隨隨便便把使魔叫出來喔。」瑪莉冷眼俯視布魯。

布魯則齜牙咧嘴，不斷低聲嘶吼。諾亞拿出法杖，讓布魯從現場消失。

「失陪。瑪荷洛，我們走。」諾亞以平板的語調這麼說後，從瑪莉的旁邊走過去。今天瑪莉在白袍底下穿了一件胸口大開的連身洋裝，年輕男人看了鐵定移不開目光。然而，諾亞似乎很討厭瑪莉。他只冷冷地瞟了她一眼，便趕緊邁步離開。

「瑪荷洛同學。」就在瑪荷洛行了一禮準備離開現場時，瑪莉迅速拉住他的手。

「有什麼煩惱就來輔導室喔。我隨時都歡迎你。」

縈繞不去的香水味，令瑪荷洛一陣暈眩。瑪莉露出煽情的眼神，在瑪荷洛耳邊悄聲這麼說，然後對著他嫣然一笑。儘管心裡有些畏怯，瑪荷洛仍舊點頭應答。

「瑪荷洛，過來。」諾亞一副不高興的模樣，站在走廊前方等著瑪荷洛。瑪荷洛感受著諾亞與瑪莉之間劍拔弩張的氣氛，緊張地邁開步伐。

7 關係的變化

魔法史的課程進行到一半時，外頭響起了砲擊聲。魔法課是全體一年級生一起上課，三十二名學生的心思全都飄向窗外。這間教室的課桌椅，是朝著講臺呈階梯狀排列。站在講臺上的喬治見狀不由得苦笑。

「今天三年級在進行軍事演習。據說就是演習的砲擊聲，導致這座島鳥類數量不多。」

喬治是個慈眉善目的中年男子，上課時總是披著看起來像老派魔法師的斗篷。

「言歸正傳，相信多數同學都因為血統的關係而知曉這段歷史。從前這個國家，曾長期陷入五大世家的爭鬥之中。他們動用自己獨有的魔法，掀起熾烈的戰爭。這五大世家分別是駕馭火魔法的聖約翰家、駕馭水魔法的愛因茲沃斯家、駕馭風魔法的拉瑟福家、駕馭土魔法的鮑德溫家，以及駕馭雷魔法的杰曼里德家。你們這些羅恩軍官學校的學生，無論近親還是遠親，身上同樣都流著五大世家的血。這五大世家之間的爭鬥遲遲不劃下句點，導致許多人因此犧牲。就在這時，駕馭闇魔法的家族突然出現了。」

喬治介紹了幾起發生在杜蘭德王國的慘案。

由於是祖先的故事，學生們全都乖乖聆聽。雖然瑪荷洛沒什麼真實感觸，對於五大世家之間的魔法戰爭他還是有相關知識的。據說當時五大世家各自建立派系，還把其他貴族及一般民眾都牽連進去，國家因此分裂成五大塊。從爭奪領地到暗殺都是家常便飯，當中還有人幹出強盜勾當。這已經是三百年前的事了。

「突然出現的闇魔法一族，打算在五大世家勢力衰弱時奪取這個國家。五大世家這才終於言歸和好，合力擊退闇魔法一族。闇魔法被視為禁忌，如今無從得知它的全貌，不過闇魔法應該都是些適合用來殺人的魔法。五大世家暫時放下宿怨，同心協力殲滅闇魔法師。之後，五大世家發覺今後和平才是最重要的，於是在一百年前創立這所羅恩軍官學校，讓五大世家的子弟齊聚在此。目的是希望趁著還年輕、想法還很靈活的時候，讓五大世家能夠和睦相處。此外，從發展魔法的角度來說，互相合作同樣非常重要。畢竟除了家族傳承的魔法外，我們也能利用魔法石施展其他屬性的魔法。而且，複合魔法也臻於成熟，只要組合其他的魔法，就能創造出許多新的魔法。正因為攜手合作，我們才有如此驚人的進步喔。所以，你們也別只跟同族交流，要多交些朋友。這才是祖先真正的期望。」

喬治露出和藹的笑容說道。

「老師，為什麼跟其他家族的人結婚，容易生出沒有魔法迴路的孩子呢？」其中一名學生舉手發問。

「好問題。關於魔法迴路，目前仍有許多未解之謎。相同家系者之間容易生下擁有魔法迴路的孩子，但跟不同家族的人結婚，容易生出沒有魔法迴路的孩子。這可能是因為精靈想要純正的血統吧。不過，不同家族的父母，未必生不出具備魔法迴路的孩子。事實上，校長就是雷魔法一族與風魔法一族之間所生的孩子。誠如各位所見，校長是一位實力強大的魔法師，後來更名列四賢者之一。所以這種事，只能說是上天與精靈的旨意了。」

瑪荷洛心懷敬佩，聚精會神地聆聽喬治的說明。

喬治先是自講臺俯視學生，而後打開一個大箱子。箱子裡裝的是許多法杖。

「下週就要進入使用真魔法石的實技課程囉。魔法石是相當貴重的物品，平常都由軍方嚴格管理。我們使用的是軍方特別提供的魔法石。」喬治將法杖握柄上用來嵌入魔法石的部分展示給瑪荷洛他們看。

法杖是以十分常見的櫟木製成。喬治將法杖發給所有學生，瑪荷洛也拿到其中一根。札克有些興奮地拿著自己的法杖，雀躍地對著空氣畫圓。法杖上有四個小孔，用來嵌入自己無法使用之屬性的魔法石。熟練以後也能施展複合魔法，不過這需要數學概念。

「要好好保管自己的法杖喔。如果折斷或燒掉可要受罰的。」喬治對著情緒亢奮、吵吵鬧鬧的學生們微笑道。

「魔法的原理就如上次教過的，首先要念咒語。看你想使用何種魔法，就呼喚五大精靈中該屬性的精靈之名，下達命令。之後精靈就會聚集過來，透過裝在法杖上的魔法石發動魔法。擁有魔法迴路的人能夠施展魔法，如果沒有魔法迴路，即使念咒也不會有任何反應。魔法迴路會隨著你們一再使用而不斷強化。不過，畢竟每個人的魔法能力不盡相同，所以要調整魔法石的尺寸來彌補不足之處。」

喬治毫無停頓地繼續說明。

「魔法分成初等、中等、高等這三個等級。你們這些初學者就先從初等學起。第一堂課要學習的是火魔法。初等是從點火開始學起。中等是創造巨大火焰，高等則是隨心所欲操縱火，也能夠用火造出一條龍。來自聖約翰家族、已經學會初等魔法的人，麻煩你們協助其他同學。」

瑪荷洛將喬治的說明寫在筆記本上。

「下週的魔法課在演習場上課喔。那麼今天的課程就到此結束。」

喬治說完這句話後，學生們紛紛起身。離開教室時，外頭再度響起砲擊聲，瑪荷洛莫名感到不安。聽說軍事演習不使用實彈，但要持槍跟其他學生互打，還是讓瑪荷洛提不起幹勁。雖然在軍官學校不能講出這種沒出息的話，但他實在很不擅長打鬥與爭鬥。

「啊——終於要進入實技課程了呢。真想快點使用魔法，雖說擁有魔法迴路，可我還不曾施展過魔法，不知道會是怎樣的感覺。真教人心癢～」札克與瑪荷洛並肩而行，眼中閃動著興奮的光。

據說生於五大世家血統純正的孩子，父母或祖父母都會教導他們自家的魔法，但就讀D班的札克似乎跟瑪荷洛是相同水準。

「魔法社沒讓你們使用魔法嗎？」瑪荷洛在走廊上邊走邊納悶地問，札克聞言鼓起腮幫子。

「就是啊。在進入實技課程之前，一年級生只能在一旁觀摩。身為社長的諾亞學長，他所施展的魔法真的很美呢！而奧斯卡學長的魔法速度驚人，里昂學長則該說是威力強大吧。」札克流露出崇拜與憧憬的目光，如此解說道。

諾亞與里昂雖然感情不好，但似乎都隸屬於魔法社。

「這樣啊。」見瑪荷洛語帶敬佩地回應，札克揉了揉鼻子。

「大家都拿著很酷的法杖呢，另外還有使魔。聽說升上三年級後，校長就會賦予我們符合自身個性的使魔。你知道嗎？諾亞學長的使魔據說非常可怕，二年級學長都很害怕呢。以諾亞學長的美貌，應該是配上阿富汗獵犬或蘇俄牧羊犬吧，啊，既然學長們都說很可怕，會不會是杜賓犬呀？」

「不……不知道耶……」想起布魯凶猛的低吼聲，瑪荷洛不由得乾笑。

看到札克眼中流露的嚮往，瑪荷洛實在不敢告訴他諾亞的使魔是比特犬。

「肚子好餓。我們去吃午餐吧！」札克展露開朗的笑容，推著瑪荷洛的背。

入學至今已過了一個半月，瑪荷洛也逐漸適應這裡的生活節奏了。儘管實技課程依舊有很多不拿手的項目，所幸都還勉強跟得上。

不過，調查齊格飛的任務依舊沒有進展。至於在不開放的房間裡看到的神祕檔案，到頭來他還是不敢向山繆報告。瑪荷洛很煩惱，他不曉得只因為兩人長相相似就通知山繆這件事是否恰當。

來到餐廳後，瑪荷洛將沙拉與兩種口味的三明治、蔬菜汁放進托盤，然後跟札克一起坐到空位上。隔壁桌坐的是A班學生，新生代表奇斯也在其中。瑪荷洛與札克就座後，奇斯瞥了他們一眼。

「唔哇，是奇斯。我很不喜歡他呢，講起話來酸溜溜的。」札克注意到奇斯，隨即弓著背嘟噥道。札克與奇斯都是魔法社的社員。聽說奇斯是里昂的親戚，一絲不苟的氣質跟里昂如出一轍。

「他是不是在看這邊啊？」

瑪荷洛喝著蔬菜汁，悄聲詢問札克。不曉得是不是錯覺，奇斯好像從剛才就一直盯著這個方向。而且視線似乎不是對著札克，而是對著自己……儘管覺得不自在，瑪荷洛仍繼續吃著三明治。這個夾了蝦子與酪梨的三明治雖然吃起來不方便，但是很美味。

隔壁桌的A班學生終於離席，瑪荷洛鬆了口氣，放鬆緊繃的肩膀。但才放心沒多久，奇斯就一言不發地走了過來，站到瑪荷洛的眼前。瑪荷洛抬頭一看，發現奇斯正以可怕的表情俯視著自己。

「……奇斯，有何貴幹？」札克一副覺得麻煩的口氣問道，但奇斯沒有理會他，而是擅自坐到瑪荷洛的旁邊。

「聽說諾亞學長很中意你，這是真的嗎？」奇斯問話的語氣像是在威脅人似的，瑪荷洛頓時陷入沉默。札克也呆若木雞。

「咦，你這是在嫉妒嗎？」札克面露賊笑反問，奇斯隨即惡狠狠地瞪他。一見到那副凶巴巴的表情，札克馬上舉起雙手擺出投降姿勢。

「你是怎麼討好那個人的？你不是成績很差，實技也總是吊車尾嗎？」遭到奇斯威脅逼問，瑪荷洛一臉呆懵地回望著他。自己很廢這件事已經傳到A班了嗎？

「不……我什麼也沒……」瑪荷洛語無倫次，連忙向札克求救。

奇斯喜歡諾亞嗎？諾亞長得那麼俊美，成績又是全校第一，當然也有學生崇拜他吧。只不過瑪荷洛自認沒討好諾亞，他反而覺得自己的貞操面臨危機，希望諾亞別接近自己。

「有什麼辦法嘛，誰叫奇斯你一點都不可愛。當初你要是像瑪荷洛一樣，生成又白又可愛的生物就好了呢。」札克小聲吐槽，奇斯聽了之後鬢邊微微抽動。眼看奇斯渾身散發怒氣，兩人一副就要吵起來的樣子，瑪荷洛不禁捏一把冷汗。

「我真傻，竟然來問放牛班的吊車尾。」奇斯收斂怒氣，輕蔑地睨了一眼札克與瑪荷洛後就離開了。札克火冒三丈，捏爛手上的盒裝果汁。

「為什麼要講那種會激怒對方的話呢？」瑪荷洛鬆了一口氣後問道，札克哼了一聲。

「誰叫那小子瞧不起D班，真教人不爽。不過那種人遇上諾亞少爺也只會丟盡面子。因為那小子就算主動跟諾亞少爺攀談，諾亞少爺也不會認真理他啦！雖然我跟諾亞少爺講話，他也沒認真回應過我就是了……偶爾還會遭到忽視。」

札克有些自嘲地笑了。

「呃，諾亞學長給人這種印象嗎？」

這跟他對自己的態度落差太大，實在不像是同一個人。瑪荷洛還以為按諾亞的個性，他應該會對社員很嚴格才是。

「諾亞學長對待感興趣的人與不感興趣的人，兩者的態度可是天差地遠呢……」

這樣啊……瑪荷洛的心情頗為複雜。諾亞跟齊格飛或許是差不多類型的人。不過，既然諾亞對待奇斯的態度也好不到哪兒去，看樣子問題並不在於對方的出身。

「話說回來，瑪荷洛，你跟諾亞學長感情很好的事已經傳開了耶。大家都說經常看到你們一起行動。我也很想知道，該怎麼做才能跟諾亞少爺混熟？」

札克提出這個單純的問題，瑪荷洛慌張地回答：「我們感情才不好！」

雖然瑪荷洛本身並不想接近諾亞，但因為諾亞有「發現瑪荷洛的能力」，導致兩人時常碰到面。瑪荷洛總是小心翼翼避免再度與諾亞單獨相處，但諾亞依然毫無顧忌地向他提出邀約。

「啊，快看快看，我發現諾亞少爺了。瑪荷洛，快過來這邊看看。那就是著名的諾亞少爺親衛隊喔。」

吃完午餐行經走廊時，札克隔著窗戶眼尖發現諾亞的身影，連忙對瑪荷洛招手。諾亞與提歐坐在中庭的長椅上，他們的四周聚著一群一年級生與二年級生。札克牽著瑪荷洛的手，經由連接走廊來到中庭。然後，把瑪荷洛帶到諾亞他們所坐的長椅後方，躲在樹叢裡。

「呃，這不就是在偷聽……」瑪荷洛面露鬱色這麼問，札克立即豎起手指抵在脣上「噓！」了一聲，要求他閉嘴。

「嗯。」

「諾亞少爺，聽說之前演習時您的得分是其他人的兩倍，這是真的嗎？」

一名雙眼發亮、臉頰泛紅的學生，正與坐在長椅上的諾亞說話。

「好強喔，我們也看了學長與沙薩畢學長的那場對戰！真的很感動！學長實在太完美了！」另一名學生也激動地握拳道。

「哦——」

「長得如此俊美，成績又是第一名，諾亞學長是我們的偶像！」

「是嗎？」

「我們會以諾亞學長為目標，好好加油的！」

「嗯。」

跟說話富含熱情的學生相比，諾亞的回應實在有夠冷淡。

然而，諾亞親衛隊似乎不以為意，他們著迷地注視著諾亞，七嘴八舌地跟他說話。瑪荷洛從樹叢的縫隙偷窺這幅景象，發現了一項令人驚愕的事實。諾亞是一邊看書一邊回應他們的。而且，他只是依序重複說著「嗯」、「哦——」、「是嗎」這三句話而已，根本沒在聽他們說話。

「你聽到了嗎？那就是諾亞少爺的忽視大法。對於自己不感興趣的人，他只會使用那三句話來應付。」札克恐懼得渾身發抖。

「好可怕……乍聽之下對話居然是成立的，真的好可怕。」瑪荷洛也害怕地緊緊抱住札克。

本來在看書的諾亞突然抬起目光，張望四周。瑪荷洛擔心諾亞說不定發現自己了，於是趕緊拉著札克的手臂，偷偷摸摸地離開現場。

「好厲害喔，居然還有親衛隊……」

回到房間後，瑪荷洛突然感到非常疲憊，於是躺在床上。對他們而言，瑪荷洛應該是個礙眼的存在吧。

「你放心吧。諾亞少爺親衛隊很能幹，諾亞少爺叫他們解散就會立刻散開，他們還替諾亞少爺查出發生在宿舍內的霸凌或暴力，然後逐一向他報告。你應該不曾在這裡被人欺負吧？諾亞少爺親衛隊，是一群只要能從旁注視諾亞少爺就覺得很幸福的噁心……呃不，是很了不起的追隨者。」

原來如此……瑪荷洛不由得乾笑。或許因為這裡是男校的關係，怪人好像還不少。不過這樣看來，奇斯要比親衛隊還棘手吧。瑪荷洛這時才曉得，原來同輩聚集在一起，會形成一個詭譎怪誕的空間呢。

一週後的某個秋高氣爽的日子，魔法課在晴空萬里下的演習場進行教學。演習場位在圖書館的後方、這座島的北邊。瑪荷洛與其他新生都拿著自己的法杖，在鋪滿草皮的廣場裡排成一列。演習場的後面有森林也有山岳。野外求生之類的訓練好像也會在山中進行。

「現在就發放魔法石。非聖約翰家血統者，請過來領取魔法石。」喬治這般指示後，瑪荷洛他們各自領了一顆紅色的魔法石。

每一種顏色的石頭，能夠施展的魔法都不一樣。紅色魔法石能用來施展製造火焰的魔法。火魔法一族聖約翰家的人，無須使用魔法石就能施展這個屬性的魔法。

「每個人的魔力量都不盡相同。魔力若是枯竭，有可能會感到倦怠或疲勞。這種時候要馬上向我反應。另外，偶爾有學生在施展魔法時不小心失控，所以第一堂課會請已習得高等魔法的學生在一旁協助。」

在喬治的介紹下，十三名學生魚貫出現在森林裡。從眾人的鼓譟聲聽來，可以確定諾亞、奧斯卡、里昂都在其中。前來幫忙的都是優秀的學生，以三年級生居多，其中也有二年級生。高年級生排在一年級生的後面，萬一出了什麼狀況便能馬上插手處理。對他們而言，一年級生的魔法根本不值一提吧。當中還有學生在聊天。

「唔哇，好緊張喔……」札克將紅色魔法石嵌在法杖上，興奮得微微顫抖。瑪荷洛也將領到的紅色石子嵌進法杖的小孔裡。喀嚓一聲，魔法石便安裝完成。

「魔法石是消耗品。這種大小的石子，只要施展大約一百次的魔法應該就會裂開，結束它的壽命。當然，若是施展高等魔法就會消耗得更快。」

聽了喬治的說明後，瑪荷洛不禁發出讚嘆聲。魔法石是由國家管理的特殊石頭。由於十分貴重，而且可作軍事用途，一般人是無法取得魔法石的。

「那麼就按照順序，試著施展火魔法吧。施展火魔法，即是喚出精靈伊格尼斯，藉助祂的力量。語言蘊含著力量。請各位握好法杖，製造出火焰。」

喬治將手搭在最旁邊的傑克肩上，對他點了個頭。傑克將法杖朝向空中，害羞地念出咒語。法杖前端突然冒出火來，但一下子就熄滅了。這道可愛的火焰，引得周遭學生發出笑聲。

「好像很難呢。」札克並沒有笑，他認真地看著別人揮動法杖。

瑪荷洛突然感覺到視線，於是轉向後方察看。目光一對上諾亞，他立刻朝瑪荷洛揮手。或許就是因為這樣，奇斯才會來找瑪荷洛麻煩。

輪到札克時，他緊張地喚出火之精靈，最後法杖冒出一道細長的火焰。由於表現相當出色，喬治還稱讚他資質不錯。

終於輪到瑪荷洛了，他將法杖朝向空中。接著要在腦中想像火的樣子，於是他朦朧地想著「火是什麼樣子呢」。對了，小時候齊格飛曾給他看過被火焰籠罩的男人相片。雖然是黑白相片，但那個被火焰籠罩的人看起來很恐怖，嚇得瑪荷洛晚上睡不著覺……

「精靈伊格尼斯，回應我的呼喚，釋放火焰。」瑪荷洛念出咒語。

下一刻，法杖噴出熊熊燃燒的巨大火焰，並且蔓延周邊一帶。火焰撲向站在眼前的喬治，四周的學生們紛紛發出慘叫。瑪荷洛自己也嚇了一跳，由於火勢過於猛烈，他忍不住抬起手臂遮擋臉部。火焰猶如活物一般，一下子就往水平方向直線前進，延燒到稍遠處的大樹。火又燒到了幾名學生，火勢變得更加旺盛，最後形成火柱。

「笨蛋！快把火熄了！」有人從背後架住瑪荷洛的身體，對著他怒吼。

發覺那個人是里昂後，瑪荷洛恐懼得牙齒直打顫。他想將火熄掉，卻不知道該怎麼做。想扔掉法杖，法杖卻離不開僵硬的手。

「精靈阿克亞，回應我的聲音，熄滅火焰！」

諾亞急切地吶喊後，隨即有水花濺上瑪荷洛的臉頰。諾亞製造出來的水流，沖擊瑪荷洛的法杖所噴出的火焰。那道水流旋即化成一條盤繞的水蛇。水蛇攻擊火焰，並且變得越來越龐大。

「奇怪，這是怎麼回事？」諾亞納悶地喃喃自語，將法杖往旁邊一揮。水化成的蛇一分為二，迅猛地吞噬火焰。里昂則試圖從瑪荷洛僵硬的手中將法杖掰下來。

——心臟像是被勒緊一般疼痛。

瑪荷洛意識模糊，四肢僵硬。如果里昂沒在背後架住他，他可能就會倒下去。

「精靈阿克亞！回應我的聲音，消滅烈火！」

奧斯卡跳出來，大幅揮動手中的法杖。隨後，奧斯卡的法杖前端便噴出呈漩渦狀的巨大水流。水流瞬間沖向高空，接著宛如下雨一般將水灑落在周邊一帶。這招水魔法足以瞬間消滅蔓延的火焰，瑪荷洛他們淋成了落湯雞。

「咦？怎麼搞的……」奧斯卡的驚呼聲，以及從頭淋下來的水，讓瑪荷洛的身體終於失去力氣。法杖已冒不出任何東西。四周一片慘狀。草皮燒焦，大樹變成枯木，有學生燒傷，也有學生昏倒。

瑪荷洛茫然靠在里昂的懷裡。

「喂，瑪荷洛……！」

諾亞扣住瑪荷洛的下巴，硬把他的頭扳過來面向自己。諾亞凝視著瑪荷洛，眼裡充滿了興奮與驚奇，彷彿是在看著難以置信的事物。奧斯卡與里昂也一樣。奧斯卡放下拿著法杖的那隻手，探頭盯著瑪荷洛。

「剛才的力量到底是怎麼回事？我還是頭一次能夠施展那麼強的水魔法。」

面對奧斯卡那對扎人的目光，瑪荷洛六神無主地搖了搖頭。就連瑪荷洛自己也不明白，為什麼火焰會失控成那樣呢？

「總之，有話之後再說。現在得先處理傷患、收拾殘局才行。」諾亞從旁打斷渾身僵硬的瑪荷洛與奧斯卡的對話。經他這麼一說，里昂才終於放開瑪荷洛。雖然不清楚為什麼會發生這種情況，不過害其他學生受傷的人無疑是瑪荷洛。不知所措的他腦中一片混亂、眼前一片漆黑，慢吞吞地展開行動。

在他們扶起受傷學生的時候，校長騎著掃帚從校舍的方向飛了過來。校長一看到現場的慘狀，立刻與喬治以及會使用回復魔法的學生分工合作，治療燒傷與受傷的學生。

當時站在瑪荷洛旁邊的札克手臂也燒傷了，所幸校長施展回復魔法後就恢復了原狀。

瑪荷洛拿法杖的那隻手也有撕裂傷，奧斯卡以回復魔法替他治療。血止住後，他輕輕拍了一下瑪荷洛的腦袋瓜。

「別一副面臨世界末日的表情。你又不是故意的，不要那麼消沉啦。」奧斯卡對瑪荷洛露出平時那副爽朗的笑容。心情低落時聽到體貼的話語反而會更難過，瑪荷洛實在抬不起頭來。

「狀況真糟糕。瑪荷洛同學，麻煩你來校長室一趟。」校長望向這一帶慘遭烈火肆虐的原野後，抬起下巴這般指示瑪荷洛。瑪荷洛懷著十分低落的心情，走在校長身後。法杖被沒收了，不只同年級的學生，就連高年級生也用異樣的眼光看他。

「——那麼，該怎麼處置你好呢？」來到校長室，坐到沙發上後，校長一副為難的神情低聲嘆道。

瑪荷洛臉色鐵青，低著頭喃喃地說：「真的很對不起……」

「第一堂課就失控的情況並不罕見，但你的問題在於規模。坦白說，你的魔法威力實在大到讓人不敢置信。畢竟我都能從這扇窗看到火柱了。」校長指著窗戶，有些自嘲地笑了。

從校長室的窗戶望出去，可以看到演習場一隅。

「也許該慶幸沒有鬧出人命，因為我沒有能讓死者復活的魔法。其實我應該參與你的課程才對，真沒想到你第一次施展魔法，就能發揮這麼強大的力量。」

校長扶著下巴，擺出一副沉思樣。如果校長要求退學，自己也只能心甘情願地接受了。畢竟有人因此受傷，自己又沒辦法收拾善後。更重要的是，使用魔法傷害他人一事帶給瑪荷洛恐懼。之前他都不曉得自己擁有這樣的力量。

瑪荷洛駝著背，宛如一名等待死刑判決的受刑者。校長交抱著手臂，閉目沉思。

敲門聲冷不防響起，嚇了瑪荷洛一跳。校長都還沒回應門就打開了，里昂與奧斯卡隨著諾亞一同走進來。

「我又沒叫你們，怎麼自己跑來了。」校長一見到三人的臉，便用不耐煩的語氣這麼說。諾亞毫不在意，大搖大擺地走上前，然後逕自坐在校長對面、瑪荷洛旁邊的沙發上。

「校長，您應該不會要求這小子退學吧？」諾亞將身子往前傾，開口這麼問，校長板起臉孔。

「這小子具有某種特殊的能力。該說是增幅器嗎？總之在他身邊使用魔法，威力會比平常來得強大。」諾亞睜著流露興奮之情的雙眸，告訴校長這件事。站在背後的奧斯卡附和道：「我也有這種感覺。」

「校長，可以由我負責個別指導這小子嗎？」見諾亞提出意想不到的請求，不僅瑪荷洛吃驚，站在後面的里昂與奧斯卡也瞠目結舌。至於校長則是擺出一張臭臉。

「……先回答第一個問題，我不會要求瑪荷洛同學退學。但是，我會把他列為監控對象。畢竟要是在校內發生魔力失控的情況，麻煩可就大了。」校長滔滔不絕地說明處置內容，瑪荷洛聞言鬆了一口氣，但同時也很沮喪。

自己居然成了監控對象，該怎麼向山繆報告這件事才好？

「其次，瑪荷洛同學的魔法相關課程，以後都改成一對一教學。因為他的能力跟其他學生相差太多了，而為瑪荷洛同學進行個人指導的，是身為校長的我。諾亞，我知道你的魔力很強大，但你在這裡還只是個學生。」

見校長不客氣地瞪著自己，諾亞從鼻子發出一聲冷笑。

「不過，如果你私底下想照顧瑪荷洛同學，那就隨你便吧。」

校長露出別有深意的笑容，諾亞聞言點頭說：「我明白了。」

瑪荷洛不懂他明白了什麼。

瑪荷洛坐立不安地看著校長。雖然慶幸用不著退學，但接下來自己究竟會怎麼樣呢？

「這本來是升上三年級才能擁有的東西，我就破例，現在先授予你吧。因為監視者必須時時跟在你身邊。」

校長拿出法杖，對著地板畫起看似魔法陣的圖案。嘴裡念著沒聽過的咒語，然後用法杖敲地板。那段咒語當中，數次提到瑪荷洛的名字。瑪荷洛好奇地探頭察看，只見魔法陣不斷冒出滾滾煙霧，形成某種東西。

「哇……！」突然出現的白色生物，令瑪荷洛驚訝地半站起身。魔法陣的中央，出現一隻純白色的吉娃娃。牠有著大耳朵與圓滾滾的大眼睛，搖著尾巴奔向瑪荷洛。

「吉娃娃啊。這下子從小倉鼠晉級了呢。」

諾亞噗哧一聲啞然失笑，抖動著肩膀。白色吉娃娃輕巧地跳上瑪荷洛的腦袋瓜，坐在上面不停發抖。

「這、這是……？」瑪荷洛不知該拿在頭上發抖的吉娃娃怎麼辦，只得請教校長。

「是使魔。不過牠有點小，真讓人擔心哪。在這所學校，當學生升上三年級時會授予他們符合個人特質的使魔。因為升上三年級後有些人會學習高等魔法，使魔的任務就是監督主人避免失控。你跟牠訂下血契吧。這樣一來，你們之間就會建立連結了。」

瑪荷洛聽從校長的指示，將手指伸向頭上的白色吉娃娃。結果，吉娃娃突然咬了他一口。

「好痛！」瑪荷洛慌忙縮手一看，吉娃娃把他咬到流血了。

多麼凶暴的使魔啊……瑪荷洛嚇得直打哆嗦，不過這樣似乎就訂下血契了。

「這孩子會時時跟在你身邊，當你快要失控時就會通知我。牠是使魔，因此不需要每天餵食，但牠偶爾會吸取你的生氣，所以可別過不健康的生活喔。」

校長這般說明。不過，這隻吉娃娃跟諾亞他們的狗不同，渾身抖個不停，這讓瑪荷洛很不放心。

「名字你自己取吧。」

在校長的催促下，瑪荷洛思索半晌，最後取名為「阿爾比昂」。意思是白色。

畢竟自己成了監控對象，瑪荷洛本來以為校長會派某個大人時時跟著自己。如果是吉娃娃，就算跟在身邊或許也不會感到壓力。

「那麼阿爾比昂，萬事拜託囉。瑪荷洛同學，你今天就先乖乖待在房間裡不要外出。好了好了，你們也快點回去吧。」校長拍了拍手，示意眾人解散。

結果不必退學，校長也沒要求自己寫悔過書，這讓瑪荷洛有些難以置信。他跟著諾亞、里昂、奧斯卡一起來到走廊上。坐在頭上的吉娃娃比想像的還輕。不曉得是不是怕諾亞他們，牠一直在發抖。

「瑪荷洛。」

瑪荷洛循著呼叫聲回過頭，諾亞隨即用力扣住他兩邊的肩膀。

「你加入魔法社吧！」諾亞非常興奮且激動地逼近，瑪荷洛忍不住往後仰。

「你的身上藏著祕密。我會受你吸引就是這個緣故。」

「喂，你只是因為這小子有增強魔法威力的能力，才對他產生興趣吧。」里昂皺著眉頭按住諾亞的手臂。

「是啊，不行嗎？」諾亞滿不在乎地回答，里昂被他的理直氣壯給懾住。兩人互瞪了一會兒，現場的氣氛緊張起來。個性認真的里昂是在擔心瑪荷洛吧。

『嗚——嗚——』

坐在頭上的阿爾比昂發出了可憐兮兮的叫聲。邊發抖邊嗚嗚叫的模樣，看得奧斯卡忍俊不禁，瑪荷洛不由得臉紅。剛剛他好像跟阿爾比昂產生共鳴了。難道使魔能與主人感同身受嗎？

「對了，瑪荷洛，起初你不是打算加入魔法社嗎？可是後來你卻沒有提出申請。方便的話，不如就加入我們社團吧？今年就收六名新生，我覺得挺好的呀？況且社團裡有可愛的學弟，也比較能提起興致嘛。」奧斯卡像是要讓諾亞與里昂和好一般，用開朗的語氣說道。

有那麼一瞬間，瑪荷洛考慮「不如就這麼辦吧」，但一想像自己在社團裡控制不住魔力的情景，他的心情就鬱悶起來。

「對不起。謝謝學長特意邀請我，不過我沒有入社的打算……那個，今天給各位添麻煩了，真的很不好意思。我要回去了。」

瑪荷洛低頭行了一禮後，隨即小跑步穿越走廊。第一次上魔法實技課，就發生意想不到的慘事。瑪荷洛對未來感到不安，腳步也變得沉重。

「瑪荷洛！你沒事吧？」回到房間後發現，札克很擔心他，一直在等他回來。看到坐在瑪荷洛頭上的使魔，札克的雙眼立刻變成兩顆愛心。

「咦！那是使魔？這是怎麼回事！好可愛！好小喔！讓我摸摸看！」

見札克激動地衝過來，阿爾比昂登時跳下頭頂，躲進雙層床的底下。牠看起來很害怕。阿爾比昂跟諾亞他們的使魔差太多了，這讓瑪荷洛很憂心。

「喂——快點出來——」札克探頭察看床底下，不斷呼叫阿爾比昂。

「札克，對不起。我害你被火燒傷……」瑪荷洛低頭，向正在呼喚阿爾比昂的札克道歉。

「咦？哦——我一點都不要緊啦！反正也沒留下燒傷疤痕。話說回來，你的魔法威力太驚人，嚇了我一跳。鮑德溫家的血統真了不起呢。」札克一副沒放在心上的樣子哈哈大笑。

「我是沒關係啦，但奇斯當時看著你的表情好像很不甘心。也許是因為你的魔法很厲害，激起了他的競爭心。」札克像是想起當時的情況般這麼說，瑪荷洛聞言滿面愁容。

「唉……這樣啊。」

瑪荷洛躺臥在自己睡的下鋪，回憶今天發生的事。自己根本不想害其他學生受傷呀……假如沒有回復魔法，現在會是什麼情況呢？瑪荷洛再次覺得魔法很可怕，想到接下來的課程就憂鬱。仔細想想，這可是軍方使用的武器之一，當然可怕。

躺下來後心情平靜了一點。彷彿感應到他的情緒一般，躲在床底下的阿爾比昂慢慢爬出來，蜷在瑪荷洛的肚子上睡起覺來。明明是使魔，感覺卻很溫暖，而且也有重量。

瑪荷洛感受著阿爾比昂的存在，躺在床上裝睡。

瑪荷洛在上魔法實技課時魔力失控的事轉眼間傳遍整所學校，使得他飽受其他學生的打量與側目。而且明明才一年級卻帶著使魔行動，再怎麼不願意還是很引人注目。

阿爾比昂無時無刻都跟在瑪荷洛身後，即使跑得再快牠都一定會追上來。由於阿爾比昂是邁著小短腿拚命追過來的，拋下牠未免太可憐，瑪荷洛便決定奔跑時就將牠放在頭上。也因為發生魔力失控事件的緣故，調查齊格飛的任務依舊沒有進展。該怎麼向山繆解釋才好？瑪荷洛每天都面對著空白的信紙煩惱。

由校長親自指導的魔法課，每次都在野外上課。

「那麼，你來給這些蠟燭點火。要一根一根地點喔。」身披黑色斗篷的校長，指著臺子上成排的長蠟燭說道。瑪荷洛拿著法杖，懷著緊張的心情，準備給蠟燭點火。

『嘎嚕嚕嚕。』

剛念完咒語，阿爾比昂就抬爪去撓瑪荷洛的臉頰。瑪荷洛痛得趕緊跳開，隨後法杖前端就噴出巨焰。五十根蠟燭全都點著了，法杖前端還在冒火。

「得快點滅掉才行……哇！」瑪荷洛一急，阿爾比昂就咬他的手，痛得他不禁慘叫。

不知是否因為這個緣故，火焰是熄滅了，但手背也流血了。剛剛阿爾比昂還抖個不停，現在卻突然一副張牙舞爪的凶樣，這是因為牠是使魔的緣故嗎？

「瑪荷洛同學，你就像是一個儲存了大量燃料的容器。施展魔法時，只要使用小小一滴燃料就夠了。你要學會控制。」校長擺出嚴肅的表情，轉動手中的法杖。

下一刻，蠟燭上的火全部熄滅。校長接著要求瑪荷洛再試一遍。

「精靈伊格尼斯，回應我的呼喚，點著蠟燭。」

瑪荷洛做了幾次深呼吸後，再念一次咒語。結果，阿爾比昂的爪子立刻往臉頰上招呼過去。雖然狀況比剛才好些，但他還是點燃了所有蠟燭。

「阿爾比昂，麻煩你只抓傷手臂就好。那張可愛的臉蛋都抓花了。」

一而再，再而三地練習後，瑪荷洛的臉與手臂傷痕累累。每次念咒語，阿爾比昂就會露出尖牙或利爪，瑪荷洛怕得要命，根本沒心思控制魔力。

同一句咒語反覆念了大約兩個小時，最後一次的火勢終於減弱至最初的一半左右。不過，他依然一次就點燃五十根蠟燭中的三分之二。

「好，辛苦你了。那就下次上課見。」校長既沒誇獎也沒責罵，拍了一下瑪荷洛的肩膀後就離開了。瑪荷洛精疲力盡地回到校舍。

「瑪荷洛，你沒事吧？」

前往下一間教室的途中，札克一臉擔憂地問。看樣子自己的表情顯得相當疲憊。儘管瑪荷洛表示自己不要緊，但上劍術課時他連劍也揮不好。雖然他很賣力地想跟上其他學生，但因為體力不支，再怎麼努力動作還是很慢。而且安德烈似乎已從校長那兒得知情況，他一直跟在瑪荷洛的旁邊。畢竟將來要使用嵌著魔法石的劍，一想到可能又會發生那天的意外，瑪荷洛就很憂鬱。

每天接受個人指導學習魔法，讓瑪荷洛非常灰心喪氣。

他本來就比其他學生還要笨拙，而無論怎麼努力都沒有進步的感覺，更是讓他感到絕望。雖然星期日他也會偷偷練習魔法，但一點進步也沒有。不久之前他還覺得校園生活很快樂，現在卻覺得很痛苦。

結束一天的課程後，瑪荷洛前往圖書館閱讀哲學書籍，看著看著就難過起來。哲學對瑪荷洛來說太困難了。不僅看不太懂內容，也完全不明白作者真正想表達的意思。居然連課外讀物都看不懂，他覺得自己實在很沒用。

「瑪荷洛・鮑德溫。」正當瑪荷洛發覺眼前落下一道陰影時，有人叫了他的名字。抬頭一看，里昂不知何時站在那裡，俯視著瑪荷洛。

「啊，學長好……叫我瑪荷洛就行了。」想起之前魔力失控時自己曾受到對方的幫助，瑪荷洛起身點頭行禮。里昂一副很在意周遭的樣子，坐到瑪荷洛的旁邊。

「我想問你一件事。諾亞似乎一直在纏著你，你會不會覺得困擾？如果很困擾，我去叫他別糾纏你。」大概是不想讓坐在窗邊看書的學生聽見吧，里昂壓低聲音問道。

「是……啊，不是……」

瑪荷洛目不轉睛地看著里昂。里昂似乎很擔心瑪荷洛，怕他不敢拒絕高年級生的追求。

「我也不知道……算不算困擾……」

瑪荷洛為難地含糊其辭。要是回答很困擾，里昂應該會馬上去制止諾亞吧。但是，這樣不就會害里昂與諾亞交惡嗎？自己確實因諾亞的死纏爛打而感到困擾，但拜託里昂制止諾亞好像又不太對。

「如果你喜歡諾亞，我就不會多說什麼了。只不過，那小子一旦決定要做某件事，就聽不進別人的意見……」里昂抱著胳膊，皺起眉頭。

雖然里昂與諾亞前陣子才爭吵過，但聽他的口吻，瑪荷洛發現這兩人其實很瞭解彼此。

「你之前住在齊格飛家吧？我聽奧斯卡說的。」瑪荷洛聞言吃了一驚，闔上書本。

「關於齊格少爺的事，學長知道些什麼嗎？」瑪荷洛露出充滿期待的眼神這麼問後，里昂先是左顧右盼，接著起身。

意思是不方便在這裡說吧。瑪荷洛對他點了個頭，去把書還給圖書館員安妮。里昂就在圖書館外面等著瑪荷洛。見瑪荷洛急忙跑過來，里昂邊走邊說。

「聽說你在調查齊格飛失蹤的事是吧？——之前，齊格飛似乎在調查這座島。」

調查這座島……克里姆森島？瑪荷洛納悶地回望里昂。

「比方說禁入區的湖泊、森林等等……學校的用地，只占這座島的三分之一吧。也有傳聞說，島的東邊設置了魔法屏障。那裡有被稱為森人的部族，還有特殊的生物。」

里昂指著島的東邊說。

為什麼齊格飛要調查這座島？齊格飛退學前，曾消失在森林裡長達十天。他在那裡發現了什麼嗎？另外，瑪荷洛並不曉得，學校的用地只占這座島的三分之一。真是如此的話，這座島可就比瑪荷洛所想的還要大了。

「禁入區為什麼禁止進入呢？」瑪荷洛不解地問。

湖泊周圍都布下了結界，森林裡面似乎也有結界。

「瑪荷洛，無論如何都別再闖進禁入區了喔。要是再犯，你一定會被退學的。」

被里昂這麼一嚇唬，瑪荷洛慌張地縮起脖子。不需要別人威脅，他也不想再闖進去了。

「……之前我從未見過，諾亞對他人感興趣。」

里昂在通往校舍的連接走廊停下腳步，仔細觀察瑪荷洛。

「那小子的感情有點缺陷，這是我頭一次見到他執著於某個人。我也許是在擔心你吧。」里昂有些鬱悶地悄聲說，瑪荷洛的內心騷亂不已，什麼話也說不出來。他以為諾亞對自己的態度，純粹是出於好奇或興趣，但……

「假如諾亞給你帶來困擾，儘管告訴我吧。因為你看起來不像是會反抗那種類型的人，讓我很不放心。」里昂搓了搓鼻子，帶著淡淡的微笑這麼說。本來覺得里昂很可怕，沒想到他其實是個體貼的人。瑪荷洛低頭向他道謝。

在晴朗的秋日天空下，瑪荷洛於演習場一隅，當著校長的面揮動法杖。他呼叫火之精靈伊格尼斯的名字，然後點燃蠟燭。五十根當中有四十根都點燃了，瑪荷洛氣喘吁吁，垂下肩膀。在附近草叢看著這一幕的阿爾比昂打了個呵欠。

上星期好不容易才把點燃的蠟燭數量減少到一半，這個星期又沒辦法控制了。瑪荷洛只想點燃一根蠟燭，但無論怎麼試都會點燃大部分的蠟燭。可見自己沒有使用魔法的才能。

「嗯……」校長一副傷腦筋的樣子揉著眉心。

要她陪完全沒進步的自己練習魔法，瑪荷洛覺得很過意不去，不由得耷拉著腦袋瓜。

「對不起……」視線落在腳邊的雜草上，瑪荷洛用細如蚊鳴的聲音道歉。鳥兒從頭頂上飛過，秋風吹拂著臉頰。蠟燭上的火焰輕輕搖曳著，彷彿在嘲笑瑪荷洛似的。

「瑪荷洛同學，你呀，看起來一點也不快樂呢。」

腦袋被人輕輕拍了一下，瑪荷洛反射性地抬起頭。只見校長面露苦笑看著自己。

「快樂……？」聽到意料之外的話語，瑪荷洛不禁皺起眉頭。

「就是啊。這可是魔法耶！應該要覺得興奮與雀躍吧？你不會嗎？」

校長大大地張開雙手，笑咪咪地說。瑪荷洛不明白這句話的意思，只能無言以對。對瑪荷洛來說，魔法已成了恐懼的代名詞。

「施展魔法時需要的是穩固的想像。所以大家常說，想像力是很重要的。使用魔法時，不是要喚出精靈嗎？因為精靈最喜歡快樂的事了。」校長以法杖在瑪荷洛的周圍畫出某個圖案，隨後便有櫻色花瓣翩然飛舞，落在瑪荷洛的頭上與肩上。

「看來害其他學生受傷這件事給你帶來心理障礙，讓你的魔法迴路變得亂七八糟了呢。不過還真是不可思議。在你身旁施展魔法，威力確實會增強。只是我從沒聽說過，這世上存在著具備增幅能力的人。」校長伸手接住不斷飄落的花瓣，語帶不解地說。

瑪荷洛壓根兒沒想過，要享受施展魔法的樂趣。每次施展魔法時，他只會擔心與害怕魔力是不是又要失控。到不了那種境界，令瑪荷洛很是著急。

對了，入學典禮那天，看到校長施展的魔法時，自己好像很興奮雀躍呢……

「也許你不太適合從火魔法學起。雖然不合常規，我看不如改從土魔法開始練習吧。你擁有鮑德溫家的血統，應該不需要法杖吧？」校長突然走到附近的草叢，拉扯眼前會開花的野草。

「來，給你。」從草叢那兒返回後，校長將幾顆小小的種子放在瑪荷洛的掌心上。

「你試著讓種子發芽、開花。你可以一顆一顆地試。不必使用法杖，直接呼喚、命令精靈泰拉。你先呼叫名字，然後想像發芽的畫面。」

聽完校長的說明後，瑪荷洛點了點頭，從中選出一顆種子，剩下的種子則用手帕包好收進口袋裡。

「精靈泰拉，回應我的聲音，讓這顆種子發芽。」

瑪荷洛注視著手掌上的種子，念著校長教他的咒語。隨後種子啵的一聲裂開，黃綠色的嫩芽從裡頭冒出來。嫩芽轉眼間長成莖，又在瞬間長出葉子。這顆種子在掌心上以難以置信的速度生長，才剛開出白色小花，下一刻便開始枯萎。

「真是太驚人了。」看到花瓣散落在掌心上，校長也是一個頭兩個大。短短不到一分鐘的時間，一切就結束了。不小心讓生命在剎那間結束，瑪荷洛對此感到心痛。

「如果是讓種子開花，一個人練習也沒問題吧。我先回校長室了，你就在這裡做一下特訓。阿爾比昂，接下來麻煩你囉。」

校長說要幫瑪荷洛到處蒐集種子，旋即轉身離開了。剩下自己一人後，瑪荷洛注視著種子挑戰了幾次，但不管怎麼試，種子都會瞬間發芽又瞬間枯萎。他覺得自己想像得很具體，可是依然阻止不了花朵枯萎。

弄枯了好幾朵花後，瑪荷洛覺得很難過，抱膝哭了起來。無論自己做什麼都不順利。再這樣下去，一定又會傷害到別人。

『嗚——』阿爾比昂不知何時靠了過來，睜著水汪汪的眼睛嗚叫。

瑪荷洛抹掉眼淚，望著天空發呆。如果無法控制魔力，定期測驗會面臨怎樣的結果呢？聽說除非是被嫌棄缺乏才能，否則不會遭到退學，但他搞不好會成為遭到退學的第一人。

「你在摸魚嗎？」

背後冷不防響起說話聲，嚇了瑪荷洛一跳。回頭一看，發現諾亞一副若無其事的表情站在後面。瑪荷洛完全沒察覺到背後有人。

「才、才沒有。是因為練習得不順利……所以才……」

瑪荷洛亮出握在手裡的種子，吞吞吐吐地解釋。仔細想想，現在是上課時間。蹺課摸魚的人是諾亞才對吧。

「讓種子發芽的魔法呀。哈哈，你是因為火魔法施展得不順利，才改從土魔法開始練起吧。」

諾亞看了瑪荷洛掌心上的種子後，取出法杖輕輕點了一下。隨後種子就發芽、長出莖，不久生出紫色的花蕾。最後，在開出紫花的這一刻停止生長。原來是龍膽花。

「要怎麼做才能讓它停止生長？」瑪荷洛開口尋求建議。

「不要繼續想像。」諾亞很乾脆地說。

他折斷龍膽的莖，把花插在瑪荷洛的耳朵上。

「學長更適合這朵花。」

居然拿花裝飾身為男人的自己，諾亞真是個怪胎。瑪荷洛在心中挖苦道，但諾亞卻露出迷人的微笑，抓住瑪荷洛的手腕。

「是嗎？你很白，紫花很適合你呢。真可愛。」

見諾亞笑著拉住自己的手，瑪荷洛無奈地垂下肩膀。

「過來這邊。」諾亞拉著瑪荷洛往演習場的後方走去。

他們走出經過整地、鋪滿草皮的區域，進入森林。四周都是未經人工修整、保持自然狀態的樹木。阿爾比昂邁著短腿匆匆追上來。演習場的後方理應是禁入區，然而諾亞卻一副熟門熟路的樣子帶著瑪荷洛到處走。

「——欸，你不覺得這座島的警備相當森嚴嗎？」

來到略高的山崗上，一處跟羅恩軍官學校差不多高的地方後，諾亞終於放開瑪荷洛的手。這裡勉強看得到位於南方的湖泊。瑪荷洛第一次造訪這個地方。

「咦……的確。」

瑪荷洛好奇地東張西望，點頭回答。為了保護學生而配置在島內的士兵人數眾多，使得這裡看起來簡直像是軍事基地，而不是學校。

「你知道為什麼嗎？」

諾亞語帶試探地問，瑪荷洛陷入思考。之前瑪荷洛以為這是為了保護他們這群學生，但看樣子並非如此。諾亞坐在草地上，用繩子束起長髮。瑪荷洛想知道答案，只好跟著坐在諾亞的旁邊。

「——對軍方來說很重要的東西，就藏在這座島上。」

諾亞的嘴脣湊到瑪荷洛的耳邊，悄聲這麼說。瑪荷洛頓時睜大雙眼，注視諾亞那張端正的臉孔。

「島的東邊有個不為人知的地方。其實，我小時候曾去過那裡一次。」

瑪荷洛順著諾亞的手指，轉頭面向島的東邊。島的東邊……有不為人知的地方？

「那裡藏了什麼呢？」該不會跟齊格飛的失蹤有關吧？瑪荷洛耐不住性子，連忙問道。

「你知道這座島上住著森人嗎？他們擁有自己的文明，是一支獨立的部族。我在那裡……」諾亞像是想起了什麼，表情變得猙獰。看來那是一段不太愉快的回憶。

瑪荷洛出於擔心而探頭看他，卻見他露出一抹冷笑。

「也有傳聞說，湖底藏著魔法石。對了，齊格飛也對那個地方很好奇呢……」聽到諾亞自言自語似地這般低喃，瑪荷洛頓時起了雞皮疙瘩。里昂也說過，齊格飛在調查這座島。

（等等——他們說，齊格少爺消失在森林裡長達十天左右。他現在該不會仍在森林裡吧……不，這不可能，畢竟有留下出島紀錄，齊格少爺不可能在島上……但是，山繆老爺說他完全掌握不到齊格少爺的消息。假如齊格少爺目前仍在這座島上……他是不是正與森人一起生活呢？）

腦中突然冒出的疑問，令瑪荷洛心亂如麻。島內有禁入區，瑪荷洛他們不能進去。可是，如果齊格飛偷偷躲在這座島的某個地方，或是遭到囚禁——

（這種事有可能發生嗎？不過，自己就算想調查也沒辦法。）

失蹤的齊格飛有可能就在這座島上。

瑪荷洛認為，自己必須向山繆報告這個推測。假如是他想太多也沒關係。就算自己什麼也辦不到，憑鮑德溫家的勢力，應該有辦法搜索這座島的東邊吧？

「你好像很尊敬齊格飛，但老實說，我不喜歡那小子。」

諾亞的冷漠語氣，讓陷入沉思的瑪荷洛回過神來。齊格飛很優秀，無論做什麼都很完美，要是有人討厭這樣的人物，通常只會讓人覺得是因為吃味或嫉妒。但是，諾亞跟齊格飛一樣優秀，兩人都是頂尖人物。

「齊格飛懂得操縱人心。或者該說是洗腦身旁的人，使他們服從自己吧。加入魔法社不久，我就有這種感覺。雖然我拒絕了他的勸誘，不過齊格飛這個人，該怎麼說呢，他有著感情方面……」諾亞欲言又止，瞇起眼睛。

「內心，冷若冰霜的另一面。」

面對吐露心情的諾亞，瑪荷洛不知該做何反應。如果有人說齊格飛的壞話，自己必須反駁對方來維護齊格飛的尊嚴……一直以來瑪荷洛都是抱著這樣的想法，然而此刻胸口就好似壓著沉重的鉛塊，讓他說不出話來。

——就罰這個傢伙鞭刑吧。

腦中驀然響起，齊格飛在燈光昏暗的房間裡，下這道命令時的聲音。

瑪荷洛才剛開口說了一句「請等一下」，齊格飛便回給他一個殘酷又刻薄的笑容，然後露出冷酷的眼神，命人把一名男傭人帶到自家的地下室。

——我無法忍受別人擅自動我的東西。瑪荷洛，這已經不是你的問題了，而是我的問題。

齊格飛撫摸著瑪荷洛的臉頰，以不容反駁的冷靜語氣這麼說。這是瑪荷洛與一名傭人成為朋友時發生的事。瑪荷洛並未向任何人提起這件事，但齊格飛不知從哪兒察覺到他們的關係，把那名傭人叫來處罰。

瑪荷洛在鮑德溫家是個特殊的存在。與瑪荷洛關係親密或是待他不好的人，都會馬上遭齊格飛解雇，或是受到嚴厲的處罰。沒人知道齊格飛為何對瑪荷洛如此特別。瑪荷洛不想害到其他人，因而變得喜歡獨處，而傭人們也對瑪荷洛避之唯恐不及，使得瑪荷洛逐漸遭到孤立。最後瑪荷洛的世界裡，只剩下齊格飛這個主人。

（來到這所學校後……我才能毫無顧忌地跟任何人說話。）

瑪荷洛抱住膝蓋，咬住嘴脣。

（真對不起齊格少爺……他待我那麼好，可來到這裡後我卻有種解脫的感覺。）

想起住在鮑德溫家的那段日子心裡就很難受，瑪荷洛甩了甩頭。

「話說回來，雖然這件事已經過了很久，你違反門禁那天，破壞了湖泊的結界吧？當時你看到了什麼？」就在瑪荷洛陷入思考之際，諾亞抓著他的肩膀，以犀利的眼神看著他。諾亞似乎一直很好奇湖邊發生的事情。當時他也是不斷追問瑪荷洛。

「我也不太清楚……當時我好像在湖面上看到蒼白色的火焰……另外，還看到疑似瑪莉老師的人。」瑪荷洛這般回答，他並未提及自己起初誤把那個人當成齊格飛的事。

（現在講出當時看到的東西應該不要緊吧？）

諾亞聽了之後雙眼變得更加炯亮，流露興奮之情。他知道蒼白色的火焰是什麼嗎？瑪荷洛不安地注視著諾亞，結果諾亞露出別有深意的笑容，叫他拿出口袋裡的種子。

「你喜歡花嗎？這大概是粉蝶花的種子。就是一種藍色的小花。你知道這種花嗎？」

粉蝶花是鮑德溫家庭院裡看得到的其中一種花，因此瑪荷洛也想像得出它的樣子。諾亞將手疊在瑪荷洛拿著種子的那隻手上，接著把頭湊過去，彼此的距離近得能感受到吐出的氣息。

「想像花朵綻放的樣子。在腦中描繪這個畫面。」

在諾亞的引導下，瑪荷洛閉上眼睛，在腦中想像粉蝶花的模樣。耳邊傳來輕細的笑聲，諾亞的手挪開了。睜開眼睛一看，掌心上綻放著粉蝶花。花沒有枯萎。瑪荷洛的雙眼登時亮了起來。

「成功了……！」由於之前不曾獲得任何成果，瑪荷洛開心到想要大叫。掌心上的花朵十分可愛，瑪荷洛不自覺笑逐顏開。

「欸。」

就在瑪荷洛突然聽到諾亞的叫喚而抬起目光時，諾亞的脣堵住了他的脣。瑪荷洛一時間整個僵住，不明白發生了什麼事，隨後慌忙地往後退開。

——被吻了。

瑪荷洛想起在不開放的房間裡體驗到的濃烈深吻，臉頰彷彿著了火一般立刻變得滾燙。

「抱歉。因為你很可愛，害我很想吻你。」諾亞露出頑皮的笑容，注視著瑪荷洛。

瑪荷洛木然翕動嘴脣。粉蝶花輕飄飄地落在地上。他可以發火嗎？諾亞居然擅自吻他。

「你不願意接受我的吻嗎？」

正想抱怨時，諾亞再度把臉湊近這麼問道，瑪荷洛這回連耳朵都發燙了。

他想往後退，諾亞立刻揪住他的手臂。

「我想吻你。看著我的眼睛，如此俊美的臉龐就近在眼前，快點動心說你願意。」

在那張漂亮臉孔的注視下，瑪荷洛心急了起來。盯著那雙寶石一般的眼睛，自己似乎就要被吸進去了。不行，不可以。這位學長是男人，自己也是男人。瑪荷洛拚了命地努力讓自己冷靜下來，回瞪諾亞。

「我並不想跟學長接吻！」

諾亞的目光十分強烈，就算瑪荷洛拚命瞪回去也完全不管用。要是繼續待在他身邊，自己又會被他牽著鼻子走。瑪荷洛甩開諾亞的手，打算逃離現場。

「等一下啦。」

瑪荷洛才走幾步，諾亞再度迅速揪住他的手臂。諾亞抓著瑪荷洛的上臂，把他拽回來盯著他的臉看。為什麼諾亞要執著於自己呢？只因為自己能增強魔法的威力，就讓他產生這麼大的興趣嗎？

「為什麼我會那麼在意你呢？」諾亞輕聲嘟噥，以熱烈到駭人的目光凝視瑪荷洛。

瑪荷洛扯著手臂希望諾亞放開他，但對方一動也不動。縱使外表看起來很美，諾亞可是不折不扣的男人，瘦弱的自己哪裡比得上那具健壯的肉體。

「我想跟你做愛。」諾亞把臉湊近，嗅聞瑪荷洛的頭髮。

瑪荷洛頓時一顫，紅著臉咬住嘴唇。這句露骨的告白讓瑪荷洛的心臟快要爆炸。他是說真的嗎？瑪荷洛戰戰兢兢地仰望諾亞。見諾亞一臉認真地回望著自己，瑪荷洛方寸大亂。

這個男人說，他想要擁抱自己。

以他的容貌與出身，明明有眾多對象任他挑選呀。諾亞吐出的氣息拂上耳垂，身體險些失去力氣。

「最近我滿腦子想的都是你。看到你跟其他人在一起，我就很不爽。我還是頭一次對特定的某個人有這樣的想法。話說回來，你為什麼不喜歡我？平常無論是誰都會迷戀上我，讓我不知道要怎麼做才能被你喜歡。」大概是真的很煩惱吧，諾亞一副困窘的模樣越說越激動。

這番驚人的言論聽得瑪荷洛很是傻眼，他動作輕緩地試著掙脫諾亞的束縛。可是諾亞的力氣很大，他掙脫不開。

「要怎麼做你才會喜歡我？欸，讓我抱一次吧。只要有過深入的結合，應該就能明白某些事才對。我不是出於玩樂的心態才說這種話。我會珍惜你的。」諾亞將手臂繞到瑪荷洛的背後，緊緊地擁住他。自己必須抵抗才行，可是身體在發顫，光是站著就很吃力。

（怎、怎麼辦……）

這還是他頭一次遭到某個人熱烈求愛，瑪荷洛的心臟都快從嘴巴跳出來了。他並不討厭諾亞的熱情，但也不能因此就點頭答應。

「請你、別、這樣……我很困擾。」瑪荷洛擠出這句話後，推開諾亞的胸膛。諾亞毫不抵抗地鬆手，還瑪荷洛自由。

「你這樣，我很困擾。」瑪荷洛轉身背對諾亞，朝著校舍奔去。

遠離諾亞之後，瑪荷洛興起一股近似安心的感覺。雖然不明白諾亞為什麼會追求自己，但那位美男與自己是絕對不可能成為一對戀人的。最重要的是，萬一被齊格飛發現，肯定會面臨可怕的下場。而且遭殃的不是瑪荷洛，是諾亞——

從前曾有一名貴族想跟瑪荷洛性交。

那名中年男子是山繆的熟人，嗜好是褻玩少年，某天受邀到鮑德溫家作客。那名貴族向山繆表示，想借瑪荷洛一晚。由於山繆委婉地拒絕了對方，眾人都以為這件事就到此為止。

然而幾天後，齊格飛告訴瑪荷洛，那位貴族意外身亡了。

瑪荷洛從齊格飛話裡有話的口吻察覺到，那位貴族並不是死於意外。齊格飛讓瑪荷洛見識到他瘋狂的一面。雖然齊格飛失蹤了，但看不見的枷鎖至今仍束縛著瑪荷洛。

別再繼續接近諾亞了。

瑪荷洛捂著悸動不已的胸口，暗自做了決定。

8 真相的黑暗

寒意漸濃，季節由秋轉冬。瑪荷洛的魔法課學習狀況依舊時好時壞，格鬥術課與劍術課也得接受補習。一個月後的十二月初有定期測驗，聽說成績若是不佳，寒假就有堆積如山的功課要做，而且還得再補習。所以瑪荷洛每天都拚了命地用功。

就在這種時候，瑪荷洛收到山繆的來信。

『有勞你報告了。齊格的事不必再調查下去。你就繼續在羅恩軍官學校過好自己的生活。』

山繆以端正的字跡在信紙上如此寫道，瑪荷洛凝視那封信半晌。

瑪荷洛寫信告訴山繆，齊格飛有可能人就在島上。結果卻收到這樣的回覆，讓他無法釋然。

（老爺說不必再調查齊格少爺的事，這是怎麼回事呢？難道找到齊格少爺了嗎？不，要是找到了，應該會寫信通知我才對。）

這封奇怪的信令瑪荷洛困惑不已。儘管無法理解山繆的意思，既然他要自己繼續待在學校，那就只能卯足全力提升學力了。

「瑪荷洛，今天有空的話，要不要一起參加魔法社的活動？」星期日下午，札克這般詢問身穿便服抱著教科書的瑪荷洛。

直到現在，札克還是會邀瑪荷洛去魔法社。雖說可以暫時入社，但他不想見到諾亞。剛剛校長來過，說要保養阿爾比昂就把牠帶走了。校長還吩咐他，今天絕對不能使用魔法。所以因為負責監視的阿爾比昂不在，瑪荷洛原本就打算去圖書館念書。

「抱歉。我得念書才行，要不然就慘了。」瑪荷洛一如往常地拒絕後，札克沮喪地將雙手疊在頭上。

「諾亞學長要失望了呢～因為他總是很囉唆地叫我邀你去玩。」聽札克提起諾亞的名字，瑪荷洛頓時心慌意亂。自己都那樣拒絕諾亞了，難道他還沒放棄嗎？瑪荷洛無法預測諾亞會說什麼或做什麼，心裡很是不安。

再加上之前諾亞突然吻他，還提出踰矩的邀約，他現在很怕跟諾亞單獨相處。

「不過沒關係啦，畢竟我因此有機會跟諾亞學長說上話。」

「什麼？」

見瑪荷洛又問了一遍，札克靦腆地吐了一下舌頭。

「因為諾亞學長常找我講話，讓我很有優越感呢。只不過，話題都繞著你打轉就是了。像是你喜歡什麼啦、你的嗜好等等，總之就是打破砂鍋問到底。瑪荷洛，你真的很受歡迎耶。如果是那樣的美人，無論什麼邀約我都一定會答應的。」

瑪荷洛聽得目瞪口呆。

「你、你……你都說了些什麼？」瑪荷洛並不曉得諾亞一直在向札克打聽自己的事，內心亂成一團。畢竟他在札克面前向來是沒有戒心的。瑪荷洛提醒自己，絕對不能向札克提起諾亞吻了自己一事。

「我只說了些無傷大雅的內容啦，畢竟你沒什麼嗜好嘛。我好像有跟諾亞學長提過，你似乎很愛吃三明治。」聽到札克很乾脆地這麼說，瑪荷洛鬆了一口氣。他的確很愛吃三明治。這裡有各種三明治可以選擇，所以吃也吃不膩。

「只要諾亞學長提起你的事，奇斯的心情就會變差，真是大快人心。哎呀～看到盛氣凌人的貴族妒火中燒的模樣真教人痛快呢～」札克拍手笑道，瑪荷洛不禁同情起奇斯。

叮囑札克別亂講話後，瑪荷洛離開宿舍。

（雖然不討厭諾亞學長……）

對自己來說，戀愛是不需要的事物。自己的當務之急是提升成績。

（話說回來，居然不必再調查齊格少爺的事。又不是已經查明失蹤原因了……）

一思索起齊格飛失蹤的事，必定會想到在不開放的房間裡看到的、登記在檔案夾裡的人物——長相神似齊格飛的亞歷山大・瓦倫帝諾。假如齊格飛進入不開放的房間，看到了那份檔案，他會怎麼想呢？

雖然山繆說不必再調查，瑪荷洛還是無法停止想像。要是能再進一次不開放的房間……瑪荷洛懷著這個念頭，前往圖書館。

「瑪荷洛同學。」在走廊上走到一半突然聽到呼叫聲，瑪荷洛回頭一看，發現瑪莉就站在他的背後。她穿著一件凸顯豐滿上圍的連身洋裝，外面套著白袍。瑪莉盯著瑪荷洛的眼睛，揚起嘴角淺淺一笑。

「星期日也要念書嗎？這怎麼行呢，好歹休息一下吧。我收到了好茶喔，要不要來輔導室坐一下？」瑪莉露出嬌媚的眼神，挽著瑪荷洛的手臂。

「可是，我得念書……」瑪荷洛不喜歡跟瑪莉單獨相處，於是支支吾吾地回絕。瑪莉這個人太過妖豔性感，是他不擅長應付的類型。

「我有重要的事要告訴你。是關於你主人的事。」瑪莉湊到瑪荷洛的耳邊，吐著熱氣悄聲道。瑪荷洛頓時渾身僵硬。

主人——是指山繆嗎？還是……？

「跟我來。」瑪莉迅速放開瑪荷洛的手臂，轉身背對他。她確信瑪荷洛會來輔導室。雖然不想接近瑪莉，瑪荷洛不得已還是跟了上去。瑪莉走進輔導室後，先讓瑪荷洛坐到沙發上，再把門鎖起來。不知是不是點了薰香，室內有股柑橘類的香味。

「我來泡花草茶吧。你需要放鬆。」從後方的櫃子拿出茶葉罐後，瑪莉微笑道。她將玻璃茶壺擺到桌上，以優雅的動作放入茶葉。接著倒入熱水，洋甘菊的香味撲鼻而來。

「欸，我聽說齊格飛……他，對你呵護有加？」瑪莉看茶葉在玻璃茶壺裡緩慢展開後，坐到瑪荷洛旁邊開口問道。

「啊，是……齊格少爺待我很好。」瑪荷洛忸忸怩怩地張握著手回答。

「這樣啊。不過，你終究是服從的那一方對吧？」瑪莉以確認的口吻這麼說，疑惑歸疑惑，瑪荷洛還是點了個頭。瑪莉似乎知道瑪荷洛父母雙亡，後來被鮑德溫家收留的事。

她露出滿意的微笑。

「知道就好。你可要為齊格飛大人盡心盡力才行。」瑪莉以優雅的手勢將壺裡的茶水倒入杯中。

「齊格飛……大人……？」瑪荷洛覺得奇怪，喃喃地複述一次。

瑪莉之所以對曾是學生的齊格飛使用敬稱，是因為她對齊格抱持特殊的感情。

「我是齊格飛大人的追隨者。就這層意思來說，我跟你是同志吧？我希望你瞭解齊格飛大人的事，才向你提起不開放的房間。目的是希望你能有自知之明。你雖然是重要的存在，但終究只是齊格飛大人的工具罷了。可別對齊格飛大人存有非分之想。」瑪莉啜了一口自己泡的茶，高傲地揚起下巴對瑪荷洛這麼說。那對目光流露著輕蔑，這讓瑪荷洛確定瑪莉瞧不起他。

「我……並沒有非分之想……」瑪荷洛很困惑。齊格飛的追隨者是什麼意思？

「那就好——再過不久，齊格飛大人就會來到這裡。」瑪莉露出嬌媚的微笑，直截了當地告訴瑪荷洛這項消息。

「咦……？」齊格飛要來這裡？

瑪荷洛的頭腦越來越混亂，不由得露出呆懵的表情。為什麼來這裡？難道齊格飛真的在島上？不，如果他在島上，應該就不會用「來」這個詞。最重要的是，為什麼瑪莉會知道這件事？瑪莉與齊格飛私底下有聯絡嗎？

「時間比原訂的晚了一點，不過好像終於準備就緒了。真令人期待呀～瑪荷洛同學，茶要冷掉囉。」瑪莉露出陶醉的神情喃喃說道。

正想向她問個清楚時，有人敲了輔導室的門。門外傳來學生的說話聲。瑪莉起身去開門。

「哎呀，你怎麼了？來，請進。有什麼煩惱就說給我聽吧。」走廊上站著一名陌生學生。瑪莉將手搭在學生的肩上，回頭看向瑪荷洛。

「瑪荷洛同學要回去了，對吧？」

想問的事堆積如山，但最後瑪荷洛就像是被趕出去一般離開了輔導室。

（到底怎麼回事？）

瑪荷洛一頭霧水，只能茫然注視那扇關上的門。

正當瑪荷洛打算去圖書館念書，念到四點再回宿舍時，他看到魔法團役使的龍在上空飛行。穿戴在頭部與背部的裝飾品，證明了那不是野生的龍。

基本上龍是一種不聽人話、會襲擊人的生物，牠們只順從馴龍師一族。這種生物飛來這裡，自然引得學生們仰望著天空議論紛紛。那頭龍在這座島的上空盤旋，最後消失在島的東邊。

瑪荷洛小時候隨齊格飛參加軍方的典禮時，也曾看過龍在天空飛翔的景象，不過牠們通常鮮少飛到校舍或宿舍的上空。瑪荷洛覺得氣氛不太尋常，趕緊通過連接走廊。進入十一月後，太陽下山得早，四周已變得有點暗了。瑪荷洛從宿舍入口那隻貓頭鷹的旁邊經過，回到自己的寢室。札克與阿爾比昂都不在，房內空空蕩蕩的。瑪荷洛將教科書擱在書桌上，然後望向窗外。

就在這時，外頭響起了尖銳的鳥啼聲。

『緊急警報，緊急警報。一年級生迅速返回宿舍寢室待命。二年級生與三年級生，攜帶劍與法杖到演習場集合。重複一次，一年級生……』

之前打破結界時在天上盤旋的長尾鳥，以尖銳的聲音重複說著警報內容。明明是隻鳥，牠的叫聲竟響徹這一帶。長尾鳥的警報也好，飛掠過上空的龍也罷，這裡肯定發生了什麼重大事件。再加上瑪莉剛才的危險言論，使得瑪荷洛的內心更加惶惶不安。

「瑪荷洛！」札克衝進房間，抱住瑪荷洛。

「發生什麼事了？社團活動都中止了。」他打開窗戶，朝外面東張西望。

「我也不知道。一年級生好像要在寢室裡待命……」見札克回到寢室，心中的不安減輕了一點。瑪荷洛站在札克旁邊，同樣仰望天空。結果，他看到幾頭龍從海上飛了過來。牠們也都是軍方役使的龍。

「呀——是黑龍！好酷喔！不過，到底發生了什麼事啊？」札克一副憂心忡忡的神情。

那群龍轉眼間就從上空飛掠過去。還派不上用場的一年級生留在宿舍待命，高年級的二年級生與三年級生則帶著劍與法杖集合。簡直就像是接下來要進行戰鬥似的……

「奇怪！阿爾比昂呢？」札克發現阿爾比昂不在房內，探頭察看床底下。

「今天早上我們就分開行動了。」

「哦，原來是這樣。阿爾比昂要不要緊呀……啊，牠是使魔，用不著我擔心吧。」

札克面露苦笑坐到椅子上。這時房內響起了敲門聲，瑪荷洛離開窗邊走向門口。

「——瑪莉老師。」一打開房門，瑪荷洛忍不住往後退。

身穿白袍的瑪莉面帶微笑站在門口。

「瑪荷洛同學，我需要你的力量。可以跟我走一趟嗎？」

瑪荷洛猶豫了。難道她是指剛才所說的，能夠見到齊格飛的那件事嗎？就算如此，為什麼挑在這種時候？

「瑪莉老師，您怎麼來了？發生什麼事了？」正當瑪荷洛不知如何是好時，札克從他的背後冒出頭來。

「我要借一下瑪荷洛同學。放心，騷動馬上就會平息下來。這不過是場訓練罷了。」瑪莉硬拉著瑪荷洛的手臂。

如果能見到齊格飛，這當然是求之不得的好機會，但要跟瑪莉一起行動卻讓瑪荷洛有一點不安。就這樣跟她走真的好嗎？

「原來是訓練啊？規模真大耶。」札克露出安心的表情，一點也不懷疑瑪莉。瑪荷洛不知所措地頻頻回頭，但瑪莉還是扯著他的手臂將他帶出寢室。

「好，快走吧。」

一來到空無一人的走廊上，瑪莉的聲調就變了。聽起來跟平常不同，聲音既低沉又冷漠。臉上的微笑消失了，她粗魯地拽著瑪荷洛的手臂跑了起來。

「請等一下，瑪莉老師。請問，齊格少爺他……？」

瑪荷洛腦中一片混亂，急忙詢問瑪莉，瑪莉僅低聲回答：「那位大人在等你。」

齊格飛真的在這座島上嗎？

瑪荷洛一頭霧水，跟著瑪莉一起奔跑，但他沒發現瑪莉的脣角始終是上揚的。

要離開宿舍時，瑪荷洛發現本該守著入口的那隻貓頭鷹不見了。瑪莉離開宿舍，直接朝著湖泊前進。這時，瑪荷洛看到了士兵。平常駐守在碼頭的士兵，此刻帶著長槍在校內移動。

「這邊還沒有士兵。跟我來，別讓人發現了。」

瑪莉脫下白袍，將之藏到草叢裡面後，就以樹林的陰影為掩護跑了出去。她的身上穿著迷彩服。雖然想問的事堆積如山，但瑪荷洛認為現在最重要的是去見齊格飛，於是默默地跟著她走。夕陽逐漸西下，晚霞將四周染得紅通通的。上空有士兵騎著龍，像是在找什麼一般不斷盤旋。瑪荷洛跟著瑪莉前往湖泊。

「差不多了。」瑪莉停在樹叢裡低聲說道。

就在瑪荷洛心想「什麼東西差不多了？」的那一刻，上空傳來震天價響的爆炸聲。周圍瞬間變得極為明亮，瑪荷洛一抬頭就看到遠方有頭龍發出痛苦的哀號，從空中墜落下來。那頭龍似乎被炸彈之類的東西擊中了。

「怎……怎麼……！」瑪荷洛驚嚇過度，差點腿軟。

他第一次見到龍遭受攻擊的景象。遠處傳來嘈雜的鼓譟聲，那頭龍掉下去了。大概是重重摔在地上吧，不久強烈的衝擊就透過地面傳導過來。

接下來又有第二頭龍在空中被炸彈擊中。爆炸聲震得耳朵不舒服，瑪荷洛只得摀住兩邊的耳朵。砲彈是從哪裡對著龍發射的呢？到底是誰，為了什麼目的做出這種事？

「好了，就趁這個機會破壞結界吧。」瑪莉沒有絲毫慌張，往瑪荷洛的後背推了一把。

破壞結界？結界不是不能破壞嗎？瑪荷洛頓時慌了手腳。第二頭龍似乎墜落在附近，不遠處傳來生物臨死前的慘叫聲，四周瀰漫著黑煙。硝煙味竄進鼻腔，瑪荷洛痛苦地嗆咳著。能見度也變差，內心越發忐忑不安。瑪莉在湖泊附近停下腳步後，拿出法杖開始念起複雜的咒語。那是瑪荷洛沒聽過的咒語。

「找到了！在這裡！」

後方傳來好幾個男人的聲音，瑪荷洛霎時陷入恐慌。回頭一看，只見士兵們舉著槍朝這邊而來。瑪荷洛發覺自己有生命危險，嚇得蹲了下來，這時瑪莉高聲大喊「閉上眼睛」，揮起法杖。

閉上眼睛的同時，現場閃過一道強光，瑪荷洛渾身抖個不停。他不知道發生了什麼事。過了一會兒，瑪荷洛微微睜開眼睛，發現後方的士兵全都倒下了。大家似乎都失去意識，一動也不動。

「你的力量真強大！居然連我都能施展這種魔法！」瑪莉興奮大叫，抓著瑪荷洛的手朝湖泊逼近。不知不覺間，他們已越過了布下結界的地方。瑪莉剛才念的是用來破壞結界的咒語嗎？

「那天晚上，站在湖邊的那個人……是瑪莉老師嗎？」瑪荷洛邊跑邊對著瑪莉的背影問道。

「傻瓜，出現在那裡的是齊格飛大人。他在搜索湖裡所藏的東西。我只負責在結界外面把風而已！」

瑪莉頭也不回地答道。當晚出現在那裡的人，居然是齊格飛！原來自己沒有認錯人嗎？瑪荷洛還來不及思考這個問題，就已跟著瑪莉站到湖岸上了。

「為、為什麼要做這種事？瑪莉老師？齊格少爺到底……！」

就連瑪荷洛也曉得，這個地方現正發生不得了的大事。校長叮囑過他不要破壞結界，可是瑪莉卻破壞了結界，還有龍在空中遭到炸彈攻擊。再加上齊格飛已來到這座島，瑪莉究竟想做什麼呢？儘管為時已晚，瑪荷洛仍決定要逃離這個女人，於是打算甩開她的手。

「瑪荷洛。」

一聽到這聲懷念的呼喚，杵在湖岸上的瑪荷洛立刻打直背脊。

轉身面向聲音的來處，旋即發現齊格飛就站在那裡，身上披著黑色的連帽斗篷。他慢條斯理地揭下兜帽，露出跟失蹤前毫無二致、充滿貴族氣質的容貌與銳利的目光。修長的身子一步一步地接近瑪荷洛。

不過，他身上還是有跟以前不一樣的地方。齊格飛的頭髮本來是黑色的，但揭下兜帽的他卻是一頭隨風飄揚的紅髮。

「齊格少爺！我一直在找您，這段時間您去了哪裡？還有這到底是……」見到齊格飛的安心感，與莫名的恐懼感混合在一起，使得瑪荷洛的聲音不由得顫抖。齊格飛露出淡淡的微笑，把手搭在瑪荷洛的肩上。

不知何時，站在旁邊的瑪莉已經跪下，以熱情的眼神望著齊格飛。

「可愛的瑪荷洛，你什麼也不必擔心。只要待在我身邊就行了。」齊格飛撫摸瑪荷洛的臉頰，輕聲笑道。

光是站在久違的齊格飛面前，就讓瑪荷洛非常緊張。由於兩人已分開一段時日，瑪荷洛都忘了這股緊張感。生殺予奪皆掌握在對方手中的感覺——這是齊格飛特有的高壓氣勢。

「啊啊，齊格飛大人！我一直在等待您的到來！」瑪莉挨近齊格飛的腳邊，一副如痴如醉的神情這麼說道。齊格飛只瞥了她一眼，隨即拿出法杖。

「妳去把湖裡的那個東西取出來。」

齊格飛這般指示後，瑪莉立刻站起來，對著湖面揮動法杖。隨後湖泊發出轟轟巨響，湖水開始消退。瑪荷洛的注意力被這幅景象吸引過去，但過了不久他就注意到一大群人正往這邊趕了過來，身子頓時一僵。

「發現賊人了！」士兵自樹叢裡現身，槍口全對準他們。

瑪荷洛恐懼到渾身僵硬，反觀齊格飛毫無懼色，以法杖對著空氣畫出某種圖案。士兵們沒先打聲招呼就開槍射擊。瑪荷洛本來以為死定了，沒想到槍口發射出來的無數顆子彈，竟靜止在瑪荷洛他們的身前。齊格飛在害怕的瑪荷洛面前，輕輕揮動法杖。下一刻，原本對著瑪荷洛他們的子彈，突然改變方向朝著士兵們飛去。

「呀啊啊啊！」

「唔哇啊啊啊！」

士兵們遭到大量子彈襲擊，紛紛發出慘叫倒了下來。他們的軍服沾滿鮮血，一個接著一個交疊在地上。瑪荷洛的大腦停止了運作。

——這不是現實。是夢。自己絕對是在作夢。

瑪荷洛完全不明白自己為什麼會在這裡，以及現在是什麼狀況，就這麼被捲入了戰鬥之中。

「你果然很有用呢。」齊格飛一手搭著瑪荷洛的肩膀，神情愉悅地揮動法杖。從倒下的士兵後方趕來支援的士兵們陸續遭火焰纏身。士兵的慘叫與恐懼的呻吟，令瑪荷洛驚慌失措。齊格飛的魔法威力過分強大。他們都是訓練有素的士兵，卻來不及舉槍就遭火焰籠罩，疼得在地上打滾，這景象有如地獄。

瑪荷洛喉嚨發乾，滿心恐懼，目光無法自齊格飛身上移開。

「恐懼的叫聲，與飛濺的鮮紅血液……遭火焰吞噬的黑色人影不斷晃動……瑪荷洛，你看仔細了。這景象多美啊。」

——這個男人不是自己認識的齊格飛。

瑪荷洛認識的齊格飛，的確不會表露情緒，有著冷酷的一面。然而，此刻在他眼前的這個人，卻是帶著瘋狂的笑容，看著人逐漸不成人形的瘋子。這男人是個陌生人，不是瑪荷洛想盡心效力的那個人。

「請、請您停手吧！」

瑪荷洛不想再看到有人遭到殺害，於是攫住齊格飛的法杖。

「這麼可怕的……！求求您，齊格少爺，別再這麼做了……！」見瑪荷洛臉色鐵青地抓著自己，齊格飛立刻收起笑容，轉而露出冷若冰霜的眼神瞪著瑪荷洛。

當下瑪荷洛感到一陣宛如心臟被捏爛似的疼痛，忍不住喘了起來。胸口劇痛無比。瑪荷洛十分難受，以空著的那隻手按住胸口。

「瑪荷洛，你是何時變得敢對我說這種話的？」齊格飛俯視抓著法杖的瑪荷洛，用傷心的語氣這麼說。因為忍受不了胸口的疼痛，瑪荷洛終於放手，齊格飛一把揪起他的頭髮，將臉湊近他。

「這是給你的懲罰。」手指戳了一下瑪荷洛的胸口後，齊格飛微微一笑。

一陣一陣的抽痛令瑪荷洛喘不過氣。他疼到眼眶泛淚，畏懼地仰望齊格飛。這股疼痛，該不會是齊格飛……？

「可愛的瑪荷洛，你只要安靜地看著我的所作所為就行了。不必同情他們。這就跟趕走飛來的蟲子沒什麼差別。」

胸口的疼痛驟然消失，瑪荷洛渾身無力，跪在地上。齊格飛接著拿法杖畫了一個圓。保持距離窺伺兩人動向的士兵們，旋即遭到巨大龍捲風的襲擊。齊格飛好似小孩子在玩耍一般左右移動法杖。看到士兵被龍捲風吹走，手腳都被扯斷飛到遠處，瑪荷洛驚恐至極陷入恐慌。

「可、可是……！齊格少爺！這樣、太過分了……」眼前的慘狀令瑪荷洛目不忍視，悲痛地對著齊格飛吶喊。

人們的呻吟、飛散的鮮血與內臟，全令瑪荷洛毛骨悚然，當場吐了出來。好可怕、好噁心，真希望一切都能停下來。他不想看到鮮血的顏色與支離破碎的人體，也不想看到齊格飛的瘋狂行徑。

齊格飛的魔法威力過於強大，士兵們猶如嬰兒一般束手無策，只能單方面地遭到殘殺。

「對你來說是不是太刺激了一點呀？告訴你一件好事吧。為什麼不可以殺人——關於這個問題，這世上根本沒有人能給出真正的答案。」齊格飛面帶微笑，以龍捲風切斷士兵的脖子。

「人是可以殺人的。」齊格飛的神情，是前所未見的愉悅。

瑪荷洛是如此的恐懼，反觀齊格飛卻覺得愉快。

（現在是什麼狀況……為什麼齊格少爺要殺害士兵……？）

瑪荷洛不想聽到士兵們的慘叫聲，於是摀住耳朵。好恐怖，真想逃離這個地方。可是，齊格飛似乎不樂意見到瑪荷洛摀耳朵，一把揪起他的手臂。

「瑪荷洛，牢牢記住你現在看到的一切。當初就是為了這個時刻，才把你放在這裡的。」齊格飛露出冷酷的眼神如此命令道，瑪荷洛聽得一頭霧水。

「什、什麼意思……？」瑪荷洛尖聲問道，齊格飛聞言展露微笑。

「你是我的魔法工具呀。有了你，我就能施展強大的魔法。我要占領這座島。當初就是為了這一天，才把你安置在這座克里姆森島上。用不著再擔心了，因為你是我的人。」

見齊格飛撫摸著自己的臉頰這麼解釋，瑪荷洛什麼話也說不出來。失蹤是騙人的？為了這一天才把自己派來這裡？他在說什麼呢？大概是從表情看出瑪荷洛心中所想，齊格飛揚起唇角。

「你的體內埋進了某種特殊的石頭。一切都是為了我。為了讓我施展強大的魔法，破壞、占領這座島。」

就在此時，瑪莉的歡呼聲蓋過了齊格飛的話音。

不知不覺間，湖水已乾了一半左右，沉在湖底的東西顯露出來。那是一個黑到發亮的鉛製大箱子，看上去就像是巨大的戰艦。

「齊格飛大人，準備就緒了。」瑪莉抹了抹冒汗的額頭這麼說。

齊格飛以龍捲風收拾剩下的士兵後，朝著湖泊舉起法杖。法杖射出光線，熔切鉛箱的上層。鉛箱迸濺火花發出切割聲，破壞掉上層後，閃耀的光芒旋即自內部流瀉而出。

「齊格飛大人！」

「齊格飛大人！」

數十名披著黑色斗篷的男子自樹叢裡現身，集結到齊格飛身邊。所有人都跪在齊格飛面前，畢恭畢敬地低著頭。

「奪下敵方的龍了。為防萬一已全都保留下來。」其中一名臉上有傷的男子喜孜孜地報告。

「辛苦了。跟預料的一樣，魔法石就藏在這裡。馬上取出來吧。」齊格飛一副按捺不住興奮之情的模樣，往湖泊的方向踏出一步。

「──齊格飛！」

彷彿要阻止他繼續往前走一般，此時突然響起一聲高亢尖銳的呼喚。與此同時還傳來狗群的吠聲，烏鴉與長尾鳥也發出振翅聲在上空盤旋。聽到校長的聲音，以及學生們的聲音，瑪荷洛的身體頓時一僵。

高年級生各自拿著法杖或劍，與校長及魔法、格鬥術、劍術的講師一起擺開陣式。校長的旁邊，看得到諾亞、里昂與奧斯卡的身影。面對這難以置信的狀況，瑪荷洛感到一陣頭昏目眩。

「雖然不想對自己以前的學生說這種話，你真的是個麻煩的孩子。早知道會這樣，當初就不該准你入學了。」

披著黑色斗篷的校長騎著掃帚倏地飛上空中，輕盈地降落在瑪荷洛的眼前。阿爾比昂站在校長的肩上，目光一對上瑪荷洛就吠了起來。

「校長，好久不見。我應該是優秀的學生才對。如今我的實力甚至在妳之上。」

齊格飛的右手自背後環住瑪荷洛，握著他的下巴，左手則揮動法杖。當下雷鳴大作，閃電朝著校長劈了過去。瑪荷洛以為校長被擊中了，嚇得立即閉上眼睛，不過校長大概是在自己的周圍設下了防護罩吧，只見她毫髮無傷。

「齊格少爺！請您住手！別再對校長還有其他學生……！」瑪荷洛大叫著懇求齊格飛。

校長為什麼要率領學生前來這裡呢？恐怕是因為打頭陣的士兵已全軍覆沒，要是這些學生也像士兵那樣受傷……光是想到這一點，他的內心就湧現絕望感。

「瑪荷洛！快離開齊格飛！」

有名青年從學生當中衝了出來。發現那個人是諾亞時，瑪荷洛的心動搖了。他不自覺地想前往諾亞的身邊，但齊格飛的手臂勒著他的脖子，使得他忍不住低聲呻吟。

「都是些令人懷念的面孔呢。不需要的過去必須負起責任好好清算才行。」

這般喃喃自語後，齊格飛的法杖噴出巨焰。他將火焰朝向地面。

「闇魔獸啊，掙脫禁錮吧。吾名齊格飛・瓦倫帝諾，乃正統的闇魔法一族。」

齊格飛以嘹亮的嗓音對著法杖下令。隨後地面一陣劇烈晃動，烏黑的四腳魔獸陸續從地底爬出來。牠們的身軀跟熊差不多高大，雙眼散發紅光。這群魔獸發出一聲咆哮後，立刻攻擊現場的學生們。

「這座島果然有祕密。闇魔獸被關起來了。」齊格飛語帶興奮地喃喃自語，接著颳起一陣風支援那群魔獸。

「諾亞學長！」

瑪荷洛發現有隻魔獸打算先攻擊諾亞，忍不住大聲提醒他。諾亞立刻揮動法杖，放出的火焰在半空中彎曲迴繞。那火焰宛如活物一般擁有自己的意志，瞬間將打算襲擊諾亞的魔獸燒成灰燼。諾亞施展火魔法，以猛烈的業火將接二連三襲擊而來的魔獸化為焦炭。

「這邊交給我！」

自諾亞背後現身的里昂揮動法杖施展水魔法，將諾亞攻擊範圍外的魔獸們沖走。諾亞收起法杖，迅速拔劍，然後朝著自右方撲過來的魔獸揮劍。劍尖不斷噴出烈火，劍一砍中魔獸的軀幹就把牠們燒成了灰。

「礙事，滾開！」諾亞揮著劍，一個接著一個劈斬魔獸的脖子或軀幹。

被纏繞著烈火的劍砍成兩半的魔獸，發出臨死前的慘叫燒成一團火球。瑪荷洛是頭一次見識到諾亞的劍技，他的動作流暢優美、乾淨俐落。剎那間諾亞就劈中魔獸的要害，火焰緊接著吞噬魔獸。

「瑪荷洛！過來我這邊！」諾亞一邊揮劍，一邊對著瑪荷洛吼道。

在這場混亂之中，瑪荷洛唯一聽得清楚的只有諾亞的聲音。剎那間他有股猶如遭受雷擊一般的震撼感，瞪大了雙眼。自己想前往諾亞的身邊，想逃離這場可怕的慘劇。這一刻，瑪荷洛打從心底如此渴望。

「諾亞，我和奧斯卡負責開路！」

里昂揮起噴著水的劍，大聲說道。他陸續將魔獸們困在原地。那群魔獸遭法杖噴出的水流包圍，只能原地踏步動彈不得。之後奧斯卡再以纏繞著風的劍往那兒劈斬。劍颳起龍捲風，將魔獸們撕裂。諾亞則通過兩人開出的路，朝著瑪荷洛奔去。其他學生都陷入苦戰，反觀里昂、諾亞、奧斯卡三人，則以行雲流水的動作解決魔獸。

「齊格少爺！拜託您住手！不要再傷害他們——」瑪荷洛對著箝制自己的齊格飛高聲喊道。

齊格飛瞇起一隻眼睛，額頭湊近瑪荷洛。

「真令人不悅呢。把你送進這所學校，可不是為了讓你跟這些學生交朋友。我應該說過，你是我的人，你忘記了嗎？看來得先解決後顧之憂才行呢。」齊格飛以溫和到甚至可算溫柔的嗓音這麼說後，望向同夥的男人們。

「把所有人都殺了。校長就由我來對付吧。」

齊格飛下達指示之後，瑪荷洛便聽到那群男人回答「遵命」，眼前頓時一片漆黑。他原本認為，齊格飛是自己敬愛的人……為了齊格飛，就算豁出性命也在所不惜……

（我……）

瑪荷洛有種遭鈍器擊中頭部的感覺。

（——我不要這樣。）

來到羅恩軍官學校後的日子一瞬間掠過腦海，瑪荷洛萌生出這個明確的念頭。

內心對自己曾經那麼想要效忠的齊格飛湧現出抗拒感——自己想要保護諾

亞他們，不想讓學生受到傷害；不想再看到有人流血。

（齊格少爺……我……）

現場迴盪著魔獸們的咆哮，與學生們的吶喊、慘叫、撕裂血肉的聲音。現在這一帶已徹底暗了下來，只有魔法產生的火焰照亮周圍。

「利用龍把東西搬到船上吧。」

上方有一頭龍飄浮在空中。瑪莉揮動法杖，讓藏在湖底的大量魔法石浮在半空中。瑪荷洛並不知道他們是誰、打算做什麼。唯一明白的是，他們要偷走藏在湖底的魔法石——

「唔……唔、咯！」瑪荷洛閉上眼睛，按著太陽穴。

齊格飛說，瑪荷洛的體內埋進了特殊的石頭。瑪荷洛能夠使用魔法的原因，上課時魔法失控的原因，還有齊格飛他們在瑪荷洛身旁施展魔法，魔法的威力就會增強的原因——

（必須阻止他們才行。）

瑪荷洛咬緊牙關，仰望著那頭龍。再這樣下去，齊格飛會殺了所有學生，占領這座島。不能讓他做出這種事；不能傷害無辜的學生。

之前諾亞說過，施展魔法時必須想像。

想像魔法石掉下來的畫面。他們正給龍的身軀套上繩索，並把魔法石裝進麻袋裡準備搬到船上。

體內湧起一股強大的力量，瑪荷洛瞬間被光芒所籠罩。

「怎麼回事？」

光芒似乎造成了物理衝擊，齊格飛鬆開了制伏瑪荷洛的那隻手。瑪荷洛所釋放出來的光線，以極快的速度射中那頭龍。當下龍的腹部開了個洞，牠發出可憐的叫聲，並且像是失去平衡一般開始在空中旋轉。吸進麻袋裡的魔法石則失去引力，掉進了湖裡。

「唔唔唔唔、啊啊……！」

瑪荷洛搖搖晃晃地離開齊格飛身邊，抓扯著頭髮。他全身抽搐，肉眼可見的耀眼光芒從他身上迸散。瑪荷洛釋放出來的光線，貫穿正從空中墜落下來的龍身。他的身體陸續射出光線，朝著森林、魔獸、空中飛去。龍墜落在附近的森林，地面因這股衝擊而晃動。

「齊格飛大人！危險！」

瑪荷洛意識模糊，也搞不太清楚周遭的狀況。他無法控制魔力。明明沒打算殺死那頭龍，光線卻化為足以貫穿龍身的衝擊波。想要停下來，可是光線卻擅自從他身上迸射出來。這些光線貫穿樹木，害得周遭人發出慘叫。

「使用防禦術！」

耳邊傳來校長急切的聲音，瑪荷洛心想，自己必須離開這個地方才行。要是待在這裡，周圍的人全都會死。

勉強朝著樹叢移動後，瑪荷洛的身體變得異常輕盈。身體在發光。連漆黑的道路都被他照亮，而且還亮得嚇人。瑪荷洛的身體周圍劈里啪啦地迸濺火花。碰觸到的樹葉燃燒起來，踩到的小樹枝化成了灰。

（救命，我該怎麼辦才好？）

瑪荷洛在森林裡狂奔，抬起混亂的腦袋仰望天空。轉眼間他已遠離湖泊。得知自己以連自己都不敢置信的速度來到這裡後，他總算放慢腳步。回頭一看，可以發現遠處冒著黑煙與火焰，還聽得到人群的吵鬧聲。

（身體……好奇怪。）

四周分明已沒有半個人在，身體周圍依舊劈劈啪啪地迸濺火花。無論他怎麼做都沒辦法平息下來。瑪荷洛手腳發麻，頭昏腦脹。雖然不再射出光線了，但全身上下仍迸著火花。無論待在哪裡，這具發光的身體馬上就會被發現吧。

（不可以……待在這裡。得去不會傷到別人的地方……）

瑪荷洛踉踉蹌蹌地進入森林深處。走了一會兒，便發現洞窟的入口。只要躲進裡面，應該就不會燒掉森林，也不會傷害別人，筋疲力盡的瑪荷洛踏進洞窟內。

入口很狹窄，但前進了約十公尺後卻發現，內部比自己所想的還寬敞。深度足以容納幾個人，裡面分出了幾條岔路。右邊那條路有水塘，說不定那裡連接著大海或河川。

瑪荷洛停下腳步，倒在原地。不知不覺間，腳上的鞋襪都不見了，衣服也燒焦變得破破爛爛的。火花逐漸消散，但耳邊仍聽得到爆裂聲。為了平復呼吸，瑪荷洛保持倒地的姿勢一動也不動。然而氣息依舊紊亂，心跳完全沒有恢復正常。

「瑪荷洛！」

突然間有人呼叫自己的名字，瑪荷洛將注意力轉向洞窟的入口。雖然聽出那是諾亞的聲音，但他的喉嚨很乾，發不出聲音。

「你在那裡吧！我進來囉！」

（不可以過來。）

瑪荷洛拚了命地想要撐起身子。腳步聲逐漸接近，諾亞跑進了瑪荷洛所在的洞窟裡面。

「振作一點！」諾亞伸手去碰瑪荷洛的肩膀，但那隻手像是嚇了一跳般立刻移開。耳邊響起劈里啪啦的噪音，他害諾亞的手燒傷了。

「不……要碰、我……」瑪荷洛的聲音都沙啞了。

他全身被火花所覆蓋，一碰就會燒傷。身上冒出的火花尚未消停。

「要是讓他們發現就糟了。我要把入口堵住喔。」諾亞說完這句話後，緊接著就傳來石頭崩落的聲響。洞窟內部突然變得更加安靜，是因為洞窟的入口封閉了吧。瑪荷洛渾身無力，躺在地上。

「不要……靠近我……」瑪荷洛勉強擠出這句話，諾亞聽了便點頭表示他明白，接著拿出法杖。

「你的魔力失控了吧。因為魔法的威力相當驚人。別擔心，我現在就想辦法幫你。」諾亞揮動法杖，小聲地念著什麼。隨後便有一股具放鬆效果的藥草味，包圍著瑪荷洛的身體。

身體的疼痛消失了，不適感逐漸消退。他施展了回復魔法嗎？身體稍稍放鬆後，諾亞便抱緊瑪荷洛的身子。耳邊持續響起火花的爆裂聲，瑪荷洛知道自己給諾亞的肉體帶來了痛楚。但是諾亞忍著痛，默默地用力抱緊瑪荷洛。

「……冷靜，已經沒事了。」

在諾亞的體溫包覆下，瑪荷洛雖然害怕，仍然反覆做著深呼吸，但火花逐漸消失，僵硬的身軀慢慢放鬆下來。呼吸漸趨平穩，心跳也恢復正常。與此同時火花終於完全消停，籠罩全身的光芒也越來越微弱。

「啊……我……」瑪荷洛安心地抬起頭。那麼強烈的倦怠感竟然一掃而空了。

「瑪荷洛。」諾亞一副鬆了口氣的樣子注視著他。

瑪荷洛的身體不再發光後，洞窟內部也隨之暗了下來。諾亞念咒語讓法杖前端發光，以此照亮洞窟內部。

「諾亞……學長……」一看到諾亞那張被照亮的臉龐，眼淚自然而然就流了下來。瑪荷洛無法接受發生在自己身上的事。如果全都是夢該有多好。

「身體不再發光了呢。不過，這下換我覺得麻麻刺刺的了。你剛剛失控得很厲害。」

諾亞看向自己的右手，面露苦笑。他的手起水泡了，都是自己害的。

「我……我……」

給諾亞造成麻煩讓他很過意不去，而剛剛發生的事件又令他心驚膽寒，瑪荷洛忍不住靠在諾亞的胸膛上掉淚。諾亞摩挲著瑪荷洛的後背安慰他。那張俊美的臉龐與身體皆傷痕累累。制服上到處都是破口與血跡，深褐色的秀髮也燒焦了。

「你參與了齊格飛的陰謀嗎？」瑪荷洛抹掉眼淚後，諾亞用確認的口吻這麼問。

瑪荷洛先是一顫，而後連忙搖頭否定。

「我什麼也不曉得……而且齊格少爺說，我的體內埋著特殊的石頭……」他淚眼汪汪地回答，諾亞聽得既驚訝又愕然。

「埋著特殊的石頭？是埋著魔法石之類的東西嗎？這麼離譜的事有可能辦到嗎？一時之間真教人難以置信。不過，我確實在你身上感覺到魔法石……有你在身邊力量就會增強，難道是這個緣故嗎？」諾亞神情嚴肅地抓著瑪荷洛的肩膀。

「我根本不曉得，齊格少爺要做那麼可怕的事。當時我是被瑪莉老師帶走的，瑪莉老師她……是齊格少爺的……」瑪荷洛拚了命地解釋。

「……齊格少爺說，他是為了今天……才把我安置在這所學校的。」他垂下目光說道。

「原來如此，我懂了。簡單來說就是為了施展強大的魔法，才事先將你這個燃料配置在學校裡吧。糟透了。從一開始他就打算襲擊這座島啊。」

即便瑪荷洛說明得七零八落，諾亞似乎仍馬上就聽懂了，他撩起凌亂的頭髮。

「──今天，全國各地同時爆發了叛亂。」諾亞以嚴肅的語氣開啟話頭。

瑪荷洛聞言心頭一涼，叛亂……？

「正當我們嚴加戒備時，這座島也出現了賊人。看來齊格飛跟神國崔尼諦是一夥的。不，豈止是同夥，搞不好他就是率領那群人的主謀。齊格飛的目標是藏在湖底的魔法石吧。為了奪走魔法石，他先把能增強魔力的你安置在這所學校，然後在今天展開行動。」

瑪荷洛沒辦法消化這些資訊，雙手緊緊交握。神國崔尼諦——由被列入危險人物名單的亞歷山大．瓦倫帝諾創立的邪教團體。

「齊格少爺他……自稱是齊格飛．瓦倫帝諾。他還說自己是闇魔法一族……」回想齊格飛所說的話，瑪荷洛感到不寒而慄。

原來那份檔案中長相神似齊格飛的人物，確實跟他有血緣關係。齊格飛其實是闇魔法一族的人。闇魔法一族不是滅亡了嗎？因為他們擁有足以發起大規模叛亂的力量。既然齊格飛是闇魔法一族，那麼鮑德溫家呢？他們為什麼要將齊格飛偽裝成自己的兒子，跟他一起生活呢？

「……我知道。能夠喚出闇魔獸的只有闇魔法一族而已。」大概是想起剛才襲擊自己的魔獸吧，諾亞冷靜地分析。

「真虧他能隱瞞得這麼徹底……聽說闇魔法一族與我們不同，能夠使用所有魔法。所以，他才能偽裝成土魔法一族的人卻不讓人起疑吧。沒想到光榮的鮑德溫家居然會背叛我們。」諾亞皺起秀麗的眉毛，陷入沉思。

「請問……大家呢……？有沒有人因為我的關係而……」瑪荷洛戰戰兢兢地

問道。

他殺死了無辜的龍。除此之外，他應該也傷害了許多人才對。

「在你變成一團光從現場消失之後，我們仍繼續與齊格飛他們交戰。不過只要你不在現場，有校長這位強力夥伴的我們就不會輸。話雖如此，畢竟齊格飛使用了闇魔法，我們還是經歷了一番苦戰。校長指示我脫離前線，獨自去追你。我的使命就是不讓你落入齊格飛手中。」諾亞淡淡地說。

瑪荷洛這才明白，諾亞為何要把洞窟的入口堵住。

「總之，這裡有水塘，先洗把臉再說吧。你看起來很狼狽。」

語畢，諾亞抱起瑪荷洛，將他帶到水塘邊。儘管已消除倦怠感，但頭腦依舊昏沉，沒辦法正常思考。諾亞將瑪荷洛放下來，取出白布浸在水塘裡，再以溼布擦拭他的臉龐。瑪荷洛看向諾亞手上的燒傷。

「諾亞學長，你的手……」由於諾亞剛才緊緊抱著瑪荷洛，他的手變得慘不忍睹。

「之後再請校長治療，因為我的魔力也使用過度了。如果不休息一下，就沒辦法使用回復魔法。」諾亞一副難以啟齒的模樣低聲說道。看來與齊格飛一戰，似乎把諾亞的魔力耗光了。他一定是用最後所剩的魔力，替瑪荷洛施展回復魔法吧。瑪荷洛更加覺得歉疚、無地自容。

「我要脫囉。」

諾亞把瑪荷洛那變得跟碎布沒兩樣的衣服脫掉，然後將他臉上的煤灰、脖子與手腳上的髒汙擦乾淨。瑪荷洛的衣服，在他魔力失控的那段期間燒焦了。諾亞脫掉自己的制服外套，給一絲不掛的瑪荷洛穿上。諾亞的制服太大件，外套長到能遮住瑪荷洛的大腿。

「完全變成白色了耶。是因為消耗了大量的魔力嗎？」諾亞伸手觸摸瑪荷洛的頭髮。

雖然瑪荷洛看不到，染成金色的頭髮似乎變回原本的白髮了。

「全身都是白的，好像妖精呢。」諾亞以輕鬆的語氣喃喃自語，淺淺地笑了一笑。但隨後就垂下嘴角，輕摟著瑪荷洛的脖頸子將他拉進懷裡。

「你……接下來……」

諾亞露出苦悶而扭曲的表情，抵著瑪荷洛的額頭。見諾亞一副非常痛苦的樣子，瑪荷洛的胸口疼了起來。

接下來……瑪荷洛想像這句話的後續，閉上眼睛。接下來自己會如何呢？外面現在是什麼情況呢？還有齊格飛、校長、學生們——瑪荷洛明白，今早以前的平靜生活再也回不來了。

「我會……怎麼樣、呢……」瑪荷洛什麼也無法思考，無精打采地喃喃自語。

諾亞吐出的氣息冷不防逼近，彼此的唇碰觸在一起。雖然也可以選擇躲開，但瑪荷洛不逃也不躲。諾亞的嘴唇很冰涼，吐出的氣息卻很火熱。

「……怎麼，你不討厭我的吻嗎？」諾亞語帶調侃地笑道，手掌包覆住瑪荷洛的臉頰與耳垂。接著把他的臉龐拉向自己，再度疊上自己的唇。諾亞的唇逐漸熱了起來，吻得越來越濃烈。瑪荷洛發覺諾亞的手微微發抖，略微睜開閉起的眼睛。

只見諾亞一副絕望的表情。那張俊美的臉孔變得猙獰，神情痛苦地皺著眉頭。

「問你個問題。假如犧牲一人的性命，可以解救千人的性命，你會直接或間接奪去那個人的性命嗎？」諾亞突然又拋出問題，讓瑪荷洛一時不知該作何反應。

也許諾亞是在以他的方式，幫助自己打起精神吧，於是瑪荷洛思索片刻後開口回答。

「假如犧牲一人的性命就能解救更多的人……這或許稱得上是值得尊敬的犧牲吧？我沒辦法對那一千個人見死不救。」

「那麼，假如那個人是自己所愛的人呢？」諾亞接著這麼問，瑪荷洛困惑地眨了眨眼。

「這……」

他垂下目光，搖了搖頭。

「我沒辦法奪走所愛之人的性命。」

見瑪荷洛誠實地說出自己的想法，諾亞輕輕一笑。

「就是啊。生命的重量並非都是相同的，至少在我心裡是這樣的。我只要有所愛的那一個人就夠了，即便會死一千個人也無所謂。」諾亞像是下定了決心一般，緊緊握住瑪荷洛的手。

「待在這裡不安全。」他拉著不知所措的瑪荷洛，邁步往洞窟的深處走去。

「我們要去哪裡……？」瑪荷洛困惑地問，結果諾亞隨口回了一句，「不知道。」

「總之不能繼續待在這裡。無論追來的人是齊格飛還是校長，他們都會把你帶到某個遙遠的地方。我不想跟你分開。」

諾亞彎著腰，在一片漆黑的洞窟裡移動。他以法杖前端的亮光，照亮狹窄的洞穴深處。姑且不談齊格飛，竟然連校長也要捉拿自己——瑪荷洛感到震驚。

諾亞則是想像瑪荷洛今後的命運，滿心恐懼。但是，究竟要前往哪裡呢？他們已進入陌生的洞窟，甚至搞不清楚自己身在何處。而且，不管逃到哪裡都一樣，畢竟這裡是一座島，沒有船就逃不出去。

「諾亞學長，我……」諾亞匆匆邁著腳步，彷彿有人在後頭追趕一般，瑪荷洛出於擔心而喚了他一聲。由於在洞窟內說話會產生回聲，瑪荷洛將音量壓得比平常還要低。

見諾亞固執地往前走，瑪荷洛最終還是沒辦法甩開他的手。

往洞窟深處走了大約一個小時後，瑪荷洛終於累得動不了了。於是他找了個凹處，與諾亞肩靠著肩休息。諾亞始終帶著抑鬱的表情陷入沉思。

「這條路的前方……是什麼樣子呢？」瑪荷洛窺視勉強能容納一人的洞穴深處問道。諾亞解開襯衫領口的釦子，閃著銀光的頸環映入眼簾。

「感覺得到有風從裡面吹出來，前面應該有出口才對。」

本來以為諾亞是漫無目的亂走一通，看樣子他是有計畫地前進。他很熟悉克里姆森島嗎？外面的戰況怎麼樣了呢？瑪荷洛實在不安得無以復加。

「……這面牆不太對勁呢。」諾亞觸摸背後的岩壁，以聽似詫異的口吻喃喃自語。瑪荷洛也看向岩壁，但並未發現什麼不對勁的地方。

「這裡施上了魔法。」諾亞站起來，仔細調查起這面岩壁。

這種平凡洞窟裡的岩壁，被人施上了魔法？

「……不行。雖然知道牆壁施了某種魔法，但找不到解除方法。我還以為這是可以前往東邊的道路。」

本來在調查岩壁的諾亞像是死了心一般，拉住瑪荷洛的手。

「該走了。動作不快點的話追兵就要來了。」諾亞拉著瑪荷洛的手催促他，並且邁開步伐。

在狹窄蜿蜒的洞窟內走著走著，路逐漸變得越來越寬。就在瑪荷洛邁著痠軟的雙腳前進之際，他聽到遠處傳來輕細的腳步聲，當即身體一顫停下腳步。

「是使魔啊，糟糕了。難道牠一直在校長那裡嗎？」諾亞注意到發出那陣腳步聲是誰後，忍不住咂嘴。瑪荷洛說出早上就把使魔交給校長的事，諾亞聽了之後一副死心認命的樣子仰天長嘆。

「使魔知道你的所在位置。逃也沒用。」

果然，出現在前方的是阿爾比昂。大概是聞到了瑪荷洛的氣味吧，牠邁著小短腿匆匆跑來，並以尖銳的聲音汪汪叫著。

「不能把牠收起來嗎？」諾亞正準備折回去，同時飛快地詢問瑪荷洛。

「我不知道要怎麼收起來。」瑪荷洛用可憐兮兮的聲音這麼回答。

諾亞拿出法杖，瞪著阿爾比昂。阿爾比昂則豎起身上的毛，發出低吼聲回瞪諾亞。見諾亞打算揮法杖，瑪荷洛急忙制止他。

「諾亞！你在那裡嗎？瑪荷洛同學也在嗎？」前方傳來校長的呼叫聲，諾亞與瑪荷洛都僵住了。諾亞隨即瞇細了雙眼，擺出一副殺氣騰騰看似要發動攻擊的模樣。瑪荷洛搖了搖頭，牢牢抱住諾亞。

既然聽得到校長的聲音，這代表齊格飛他們遭到逮捕了嗎？還是撤退了呢？

「快回答我！」

校長的聲音越來越靠近，諾亞的身體也隨之緊繃僵硬。他大概是在擔心瑪荷洛吧。瑪荷洛沒打算逃走，放開諾亞後，他決定主動前往校長的聲音方向。阿爾比昂跑到瑪荷洛的腳邊，繞著他汪汪叫。諾亞扣住瑪荷洛的肩膀，但當校長的聲音來到近處後，他便死了心一般放手。

「瑪荷洛同學，你沒事吧？」

周圍被魔法製造出來的光照亮，緊接著就看到校長的身影。她快步趕過來，依序注視著瑪荷洛與諾亞。

「敵人撤退了。目前軍方正在調查有沒有餘黨。你過來我這邊。」見校長對自己伸出了手，瑪荷洛打算走過去，這時諾亞強行擠進兩人之間。

「校長，這小子接下來會怎麼樣？」諾亞一副要保護瑪荷洛的架勢質問道，校長交抱著手臂一語不發。

「校長！他只是被人利用罷了——」諾亞大聲喊道，校長一臉為難地搔了搔頭。

「我也認為多半如此。但是，瑪荷洛同學，軍方要拘捕你。大人物已經來到那裡了。」校長朝著出口抬起下巴示意。軍方——瑪荷洛一下子緊張起來。諾亞就是怕自己面臨這種下場吧，所以他才想帶自己逃走。

「怎麼可以——我不同意！」諾亞站到瑪荷洛身前，手放在脖子上。不知為何校長頓時臉色鐵青，露出嚴厲的眼神抬手制止諾亞。

「諾亞——連你都要失控嗎？別被一時的激情沖昏了頭！你真以為自己能帶著瑪荷洛遠走高飛嗎？」校長豎起頭髮，狠狠地斥責諾亞，諾亞則以反抗的眼神直視校長，手搭在劍上。

兩人之間瀰漫著駭人的緊張氣氛。就連這種時候，情緒激動的諾亞看起來依舊俊美，他一副馬上就要使出攻擊魔法的架勢。瑪荷洛心想「不可以把諾亞牽連進來」，連忙抓抱住他的手臂。

「諾亞學長，我沒關係的。」他抓著諾亞搭在劍上的那隻手，將之拉開。諾亞氣勢洶洶地轉過來，瑪荷洛旋即抱住他的身體。

「我不要緊的。我得為自己的行為負責才行。」

魔法失控時傷害了許多人與物，他不能當作沒這回事。既然軍方要拘捕自己，他只能服從了。

「……你能這麼說真是幫了我大忙。諾亞，別做出傻事。我實在不想動用魔法制伏學生。」校長拿出法杖，聲色俱厲地說。

諾亞霎時以帶了殺氣的眼神瞪著校長，但隨後就垂下目光。諾亞用力回抱瑪荷洛，嗅著他的頭髮。

「諾亞學長，謝謝你。看到你來救我……我真的很開心。」瑪荷洛緊緊握了一下諾亞的手。在校長的催促下，他邁開腳步走向洞窟的出口。

「瑪荷洛同學，齊格飛一行人暫時撤退了。大概是因為軍方前來支援了，他們才會撤離吧。雖然我們也遭受龐大的損害，所幸學生勉強都沒事，只是有些人受了重傷。而且多虧了你，這座島上的魔法石才沒被搶走。」

聽走在旁邊的校長這般說明，瑪荷洛總算放下心來。因為他從這席話得知，沒有學生喪命，以及齊格飛還活著這兩件事。即便齊格飛是可怕的殺戮者，一直在利用自己，瑪荷洛仍然不希望齊格飛遭到逮捕或殺害。

「我相信你不是恐怖分子。但是，你的存在相當複雜棘手。你是不是齊格飛的手下，得由軍方判斷。軍方要拘捕你，可以的話希望你別抵抗。」

瑪荷洛老實地點頭應答。他感覺到有風拂上了臉頰。看得到出口後，也逐漸聽得到外面的聲音了。月光隱約照出洞窟的出口。除此之外還感覺得到，出口周圍有一大群人。

走出洞窟，便看到士兵舉槍對著他們，瑪荷洛心生畏懼，停下腳步。一名身穿軍服的男子從士兵當中走了出來。根據胸前的勛章數量可知他是將校。年紀介於三十五到四十歲。軍帽戴得端正，炯炯有神的黑眼珠緊盯著瑪荷洛。這是個體格壯碩、感受不到情緒的男人。

「他是葛倫・亞伯特中將。」

校長推著瑪荷洛的後背為他介紹。

見對方以充滿威嚴的眼神俯視自己，瑪荷洛不禁流下冷汗。中將是相當高的軍階。這樣的大人物專程前來逮捕自己呀……

「你就是瑪荷洛・鮑德溫嗎？接下來禁止使用魔法。一旦使用就會受到懲罰，記好了。」亞伯特中將語氣嚴厲地宣告，瑪荷洛耷拉著腦袋。

「我……不會控制……」瑪荷洛吞吞吐吐地想說，就算自己沒打算使用，魔法也有可能擅自發動，結果對方不客氣地瞪著他。

「同樣的話別讓我說第二次。上銬。」亞伯特中將一聲令下，便有一名士兵過來用手銬扣住瑪荷洛的手腕。

站在背後的諾亞氣急敗壞地吼了一聲「喂！」並走了過來，但立刻被校長攔下。

「葛倫，他是我的學生。麻煩你要盡義務逐一向我報告喔？」

校長與亞伯特中將大概相識吧，她以宏亮的嗓音這麼說。亞伯特中將沉穩地點頭應答。

於是，瑪荷洛就在槍口的包圍下，邁步穿越森林。途中一再看到燒焦的樹枝與樹木，或是大砲爆裂所留下的痕跡。只要他想停下腳步，士兵們就會毫不留情地以槍口戳他。跟齊格飛出現之前相比，森林的景色已變得面目全非。

瑪荷洛被帶到了海岸。途中曾經過宿舍與校舍附近，但或許是入夜的緣故，那裡安靜到連人聲都聽不見。另外，宿舍也沒亮燈。剛才校長說大家都沒事，但他們真的平安無事嗎？瑪荷洛連發問都不行，只能沉默地前往棧橋。棧橋那兒停靠著大型的軍用船。

「上船。」在亞伯特中將的催促下，瑪荷洛搭上了軍用船。

本來想在最後再看諾亞一眼，但兩旁都有士兵守著，連要回頭都沒辦法就直接被帶上船。瑪荷洛滿心不安，偷偷觀察士兵，發現眾人的臉上沒有一絲笑容。等所有人都上船後，船便靜靜地駛離海岸。

船逐漸遠離克里姆森島，黯淡的心情也隨之在瑪荷洛的內心蔓延開來。

9 我思，故我在

回到本土後，瑪荷洛就被移送到軍事設施。

由於移送時眼睛是蒙住的，瑪荷洛並不曉得自己被帶到哪裡的軍事設施。最後他來到一棟像是研究所的建築物，被隔離在看似位於地下的一個房間裡。身上那件諾亞的制服遭到沒收，換上白色連身服。

瑪荷洛所住的房間十分簡單樸素，裡面只有廁所與床鋪，唯一的窗戶是門板下方只容物品通過的小窗。房間面積跟羅恩軍官學校的宿舍寢室差不多。起初他以為這裡可能是監獄，但側耳細聽卻感覺不到其他人的存在，每天送兩頓食物過來的人還穿著白袍。

（我好像在哪裡看過這種房間……）

為什麼會覺得熟悉呢？記得自己小時候，好像也面臨過類似的狀況。

瑪荷洛在這個房間過了約三天的隔離生活，第四天起就遭到麻醉，接受各種檢查。就算主動跟職員說話也沒人回答他，導致他不斷累積精神疲勞。待在這裡既沒有娛樂，也不知道外頭的狀況。

羅恩軍官學校怎麼樣了呢？那些受傷的學生呢？齊格飛此刻在做什麼呢？為什麼齊格飛要做出那種事呢？山繆把齊格飛當成親生兒子養育，目的究竟是什麼呢？

——諾亞一定很擔心自己吧。

瑪荷洛的腦海也閃過同班同學、學長、教師等熟人的面孔。大家是如何看待自己的呢？好想為自己引發的慘事向眾人道歉。

瑪荷洛每天都要接受審問。一副凶相的軍人就坐在瑪荷洛的正前方，質問他與齊格飛的關係、被鮑德溫家收留的經過、在學校的生活態度等各種事情。對方不斷問著同樣的問題，讓瑪荷洛心裡堵得慌。有時對方還會製造巨響嚇唬他，或是對他怒吼，這種時候他就會精神緊繃，喘不過氣。

夜晚一個人待在房裡，瑪荷洛就鬱鬱寡歡，不時興起想死的念頭。他也睡得不好，腦中常會浮現死去的士兵滿身是血的模樣。雖說自己並不是故意的，但齊格飛與瑪莉的魔法威力會變得強大都要怪自己吧。誰會想到，自己的體內竟埋著特殊的石頭呢？自己能夠使用魔法，原來也都是出於這個緣故。

瑪荷洛就這樣被幽禁在房間裡，不斷思考著得不出答案的問題。直到某天，他雙手上銬，被帶到了跟以往不同的房間。

這個房間裡有月曆。由於瑪荷洛早已喪失時間感，這時他才曉得從那天算起，已過了兩個多月的時間。這是個只有桌椅的樸素房間，不過地毯很厚，椅子上也有精緻的裝飾。對方要他在這裡等著，於是瑪荷洛乖乖坐在椅子上，不久身穿軍服的亞伯特中將走進房間。

「坐著就好。」以眼神制止正要起身的瑪荷洛後，亞伯特中將坐到眼前的椅子上。

他摘下帽子，下巴抵在交握的雙手上，注視著瑪荷洛。亞伯特中將有著金褐色的頭髮，總是梳理得很整齊。

「經過審問之後，軍方判斷你跟這起事件並無關聯。但是，我們不能讓你無罪釋放。雖然你並非自願而為，可你確實供應敵人強大的魔力。因此，今後你必須接受軍方的管束。」

亞伯特中將毫無停頓地一口氣說完結論。

能夠證明自己的清白固然高興，但一想到今後得受軍方的監控，瑪荷洛心裡就難過起來。可見自己做了多麼嚴重的事。

「這也是女王陛下的旨意。軍方高層大多主張，應該處決你這把雙面刃。畢竟你要是再落入敵人手中就麻煩了。但是，女王陛下開金口表明不准殺你，並要求我們將你視為同志，以禮相待。」

聽到亞伯特中將提起意想不到的人物，瑪荷洛只覺得茫然不知所措。女王陛下救了自己嗎……那位不曾見過面、高高在上的人物。

「我們會服從女王陛下的命令。你有什麼問題想問嗎？」亞伯特中將以打量的眼神注視著瑪荷洛。

這個嚴厲的男人曾說過，同樣的話別讓他說第二次，他應該不喜歡無謂的對話。於是，瑪荷洛仔細思考一番。

「我做了許多檢查，請問查出什麼了嗎？還有，請告訴我羅恩軍官學校的現況。」瑪荷洛用生硬的語氣提問，亞伯特中將聞言揚起眉毛。

「聽說你之前被鮑德溫家收留是吧。」亞伯特中將的聲音放柔了幾分，瑪荷洛側耳細聽。

「檢查之後發現，你的心臟埋著一顆前所未見的魔法石。」

亞伯特中將的回答，讓瑪荷洛很是洩氣。齊格飛說得沒錯，瑪荷洛的體內確實埋著魔法石。而且還是埋在心臟——有時他會覺得胸痛，原來就是這個緣故嗎？

「我們搜索山繆・鮑德溫擁有的私邸、別墅與各種建築物，結果找到一名遭到監禁的男子。男子名叫羅傑・鮑德溫。羅傑說十三年前，他在你的體內埋下那顆石頭。他供稱是山繆・鮑德溫下令的。當時他們拿許多連名字都不曉得的少年少女做人體實驗，而你是唯一的成功案例。我們也確定，你並不具有鮑德溫家的血統。關於這個部分仍有許多不明之處，目前正在調查中。」

比想像中還要殘酷的現實被攤在眼前，瑪荷洛登時臉色蒼白。

來到這座設施時自己會覺得熟悉，或許是因為自己還保留了一點點當時的記憶。十三年前，瑪荷洛才五歲。就算他幾乎不記得了也無可厚非。而當時還有許多少年少女跟自己一樣，身體遭人埋入魔法石，結果卻因此喪命。

光是想像就覺得可怕，瑪荷洛不由得垂下目光。

一切都是謊言。

山繆是為了某個目的，才收留瑪荷洛這個埋入魔法石後唯一存活下來的少年。他只希望這件事並非出自齊格飛的意思。

「關於埋在你心臟的魔法石，羅傑・鮑德溫說那是賢者之石。」

——賢者之石？

瑪荷洛驚訝到說不出話來。他還以為，賢者之石是只存在於傳說裡的東西。

「關於這個問題，我們是想將魔法石取出來調查，但——從結論來說，那顆魔法石是沒辦法摘除的。」

亞伯特中將說得斬釘截鐵，瑪荷洛聞言慢吞吞地抬起頭。勉強值得慶幸的是，亞伯特中將的嗓音聽不出情緒。要是遭到同情，只會讓他更加難堪。

「醫師表示，魔法石已與內臟沾黏，如果強行摘除肯定會死亡。由於女王陛下已下令不得殺你，我們就不勉強進行手術了。雖然不知道埋在你心臟的石頭是不是賢者之石，不過可以確定的是，那是前所未見的東西。不曉得山繆是從哪裡取得那顆石頭的，我們認為他是打算製造活人武器。至於目的——則是要讓神國崔尼諦捲土重來。」

瑪荷洛想起在圖書館不開放的房間裡，看到的那個檔案夾。

「二十年前，有個邪教團體就叫這個名字，教祖是亞歷山大・瓦倫帝諾。此人不僅是闇魔法一族，還是個宣稱自己才是國王，企圖顛覆國家的愚蠢之徒。後來神國崔尼諦遭到軍方鎮壓，教祖則在自己身上點火壯烈自戕。本來以為信徒全都遭到逮捕，沒想到有個懷上教祖之子的女人成了漏網之魚。」

瑪荷洛倒抽了一口氣。

「齊格飛就是教祖的兒子。身為隱藏信徒的山繆・鮑德溫藏匿齊格飛，把他當成親生兒子撫養。齊格飛為了實現亡父的遺願，則在那一天於各地發起叛亂。這個國家在幾處地點保存了大量的魔法石。他們擬訂計畫，要搶奪所有的魔法石。目前他們已成功奪走三處保存設施的魔法石。至於羅恩軍官學校那裡，齊格飛會親自出馬應該是因為有你這個炸藥在吧。落網的餘黨坦承，他們有意占領克里姆森島，把那裡當作據點。根據餘黨的供詞，這項計畫本來要在更早之前執行。常駐島上的士兵幾乎都被齊格飛殺死了。」

淡淡陳述事實的亞伯特中將，只在提到士兵之死時表情微動。雖然他看起來很冷靜，但仍感覺得到他對部下的死深感遺憾。

「瑪莉・艾爾嘉是信徒之一。她潛伏在羅恩軍官學校裡當間諜，暗中提供消息給齊格飛。」

想起瑪莉那妖豔的身影，瑪荷洛登時眼前一黑。她向瑪荷洛提起不開放的房間，是為了讓他得知齊格飛的真實身分嗎？瑪莉很瞧不起瑪荷洛，她應該看不慣瑪荷洛待在齊格飛身邊吧。

「目前他們下落不明。根據當時在場的士兵，以及羅恩軍官學校的教師與學生的證詞，軍方判斷你並非完全聽命於他們的手下。而且看你的樣子也知道，你連自己曾經被迫進行人體實驗的事都一無所知。不過，你的存在造成了龐大損害是不爭的事實。以軍方的立場來說，我們是不能釋放你的，而他們應該會伺機把你帶回去。如今你的存在就像是一把雙面刃，在你身旁使用魔法，能發揮不亞於一艘軍艦的威力。聽說你在克里姆森島上還擊落了一頭龍。真是可怕的力量。」

瑪荷洛咬住嘴唇。

恢復原狀了。

「至於羅恩軍官學校，重傷的學生全都在魔法的治療下康復了，目前學校已恢復運行。」聽到這句補充說明後，瑪荷洛稍稍鬆了口氣。幸好羅恩軍官學校已

「還有其他問題嗎？」

瑪荷洛搖頭。

亞伯特中將重新戴上軍帽，起身說道。

「戴安娜……羅恩軍官學校的校長，以及聖約翰宗家的少爺都要求軍方釋放你。竟然能馴服五大世家的男人，真了不起。看在你態度順從的份上，就准許外人探視你吧。」

亞伯特中將語帶調侃地笑道，接著站到門前。走廊上的士兵立刻開門，向他敬禮。另一名士兵則催促瑪荷洛起身。拖著沉重的身體站起來後，瑪荷洛便在士兵的護送下邁開步伐。

亞伯特中將完全沒有提到，瑪荷洛未來將面臨什麼樣的命運。

回到房間，解開手銬後，瑪荷洛精疲力盡地躺在床上。多虧亞伯特中將的說明，他已大致掌握了狀況。得知自己被迫捲入規模超乎自己想像的大事件，讓他的頭腦一片混亂。

最讓他受到打擊的是，在鮑德溫家度過的時光竟全是一場騙局。齊格飛是

何時得知自己其實是教祖的兒子呢？為什麼要做出那麼殘酷的事呢？

想到自己之前的人生全建立在謊言上，瑪荷洛就覺得心如刀割。多年以來，他都很感激將自己從孤兒院救出來的齊格飛，並決定盡心盡力報答這份恩情。殊不知，這一切都是謊言。

（我是……為了什麼……）

瑪荷洛什麼也不想思考，蜷曲著身子。

（齊格少爺……我……我……）

門邊響起腳步聲，隨後有人打開了小窗。

「瑪荷洛，上頭准許你在十分鐘後與探視者見面。你就在這裡等候。」

瑪荷洛立即從床上爬起來。探視者肯定是剛剛亞伯特中將提到的諾亞。

瑪荷洛那顆消沉的心頓時雀躍了起來。一想到諾亞來見自己了，他就胸口發燙。每天遭到審問，令他的心乾渴無比。只要見了諾亞，這顆乾渴的心應該也能得到一點滋潤。瑪荷洛靠近門口，滿心期待探視者的到來。

就在這時——他感覺到走廊的氣氛不太尋常。站在門外的士兵發出小小的慘叫，緊接著就傳來東西倒下的聲響。瑪荷洛心裡發毛，感到害怕。

「請問……？」

察覺到異狀的瑪荷洛站在門前，然而門外無人回應他，令他心生恐懼，而一道白煙自門上的小窗飄了進來。雖然不清楚走廊的情形，不過外頭的士兵突然沒了動靜。瑪荷洛原本猜想，該不會是前來探視的諾亞對士兵做了什麼吧，但他馬上就打消這個猜測。

因為他聞到了燒焦味。好像有什麼東西燒了起來——

瑪荷洛退離門口，逃到床鋪的角落。突然間，門板嚴重變形。有人在門外以硬物敲打門板，製造刺耳的聲響。不久門板出現裂痕。火焰與煙從裂開的縫隙竄進來，害得瑪荷洛呼吸困難。

「瑪荷洛同學。」從裂開的縫隙露出臉孔的那個人，竟然是瑪莉。

她身穿迷彩服，一手握著嵌入紅色魔法石的大劍。瑪荷洛頓時不寒而慄，背靠著牆壁。瑪莉露出嬌媚的微笑，舉好手中的劍。

「我奉齊格飛大人的命令來接你了。」

話一說完，瑪莉就大力揮起手中的劍。劍尖捲起一道火焰，先是破壞門板，而後將火焰送進整個房間。瑪荷洛迫於高溫，立刻蹲下來。火焰捲成漩渦狀，猶如活物一般沿著牆壁、床鋪、天花板亂竄。

「敵人來襲！快發布警報！馬上——」趕來支援的士兵在走廊上大吼，但他的聲音在一陣槍聲中戛然而止。幾名凶相畢露的彪形大漢站在瑪莉的背後開槍掃射。

「好了，我們走吧。」瑪莉拉著杵在火焰中的瑪荷洛。

大概是施了防禦用的魔法吧，瑪莉一碰到他的手，火焰的熱度就降了下來。瑪荷洛邊咳著邊步出房間，便看到長長的走廊上到處都是流血倒地的士兵，而且還有好幾個房間竄出火舌。這景象令他毛骨悚然，當下甩開瑪莉的手。

「我不走！」瑪荷洛立即大喊，怒視著瑪莉。

手持大劍的瑪莉直盯著瑪荷洛，目光流露出殘酷。

「你在說什麼傻話？齊格飛大人在呼喚你耶？」她帶著惡意勾起嘴角，露出輕蔑的笑容。

而瑪荷洛緩了緩呼吸，慢慢後退遠離瑪莉。

「我不想再嘗到懊悔的滋味了……我不走。請妳這樣轉告齊格少爺。」要是就這樣被擄走，只會讓自己的力量再度遭到利用。他再也不想傷害任何人了。聽到瑪荷洛毅然決然地這麼說，瑪莉露出鄙夷的眼神瞪著他。

「哦，這樣啊……好吧，我會告訴齊格飛大人你違逆了他的命令。下賤之人……我就讓你認清自己的斤兩！」

瑪莉換上凶惡的表情，揮下手中的劍。火焰筆直地噴向瑪荷洛，纏繞著他的全身。瑪荷洛覺得很燙又喘不過氣，拚了命地拍掉火星，想將衣服上的火拍熄。

「像你這種人！也敢反抗齊格飛大人！」瑪莉的表情變得醜陋且猙獰，她揮劍砍向倒下的瑪荷洛。

背部竄過一陣劇痛，瑪荷洛忍不住慘叫。火焰燃燒著他的頭髮，皮膚與衣服也都逐漸燒焦捲曲。瑪荷洛覺得好難受、好痛、好燙，拚命伸長手臂。

就在這個剎那，一陣清涼的風吹了過來。緊接而來的水漩渦，瞬間澆熄了纏繞在瑪荷洛身上的火焰。瑪荷洛劇烈咳嗽，並被圍繞著身體的水沖得踉踉蹌蹌。

「瑪荷洛！」

聽到懷念的呼喚聲，瑪荷洛淚眼汪汪地回過頭。自走廊深處現身的那個人，正是諾亞。他身穿白色大衣，揮著法杖直盯瑪莉。

「狐狸精，妳找這小子有什麼事？」

諾亞念完咒語後，迅猛地揮起法杖。瑪荷洛感覺得到，有數道肉眼看不見的空氣之刃朝瑪莉飛去。瑪莉立刻舉劍試圖閃避攻擊，但仍有幾道空氣之刃命中她的腳與手臂，劃破迷彩服。

「諾亞？你怎麼會在這裡？」瑪莉不悅地咂嘴，隨後揮下手中的劍，想要捲起火焰。

不過，趕到瑪荷洛身邊的諾亞立即用魔法阻止了她。諾亞製造出來的水柱撞開瑪莉的火焰，並藉著水壓沖退那些舉槍的壯漢。

「你被砍了？是那女人砍的嗎？」發現瑪荷洛的背上一片血淋淋，諾亞頓時怒意外露，發了狠地揮動法杖。瑪莉當即慘叫一聲，翻倒在地。

「濃妝豔抹的女人，我看妳不爽很久了。妳拐走了幾名學生對吧？事件發生之後，有學生失蹤了。」諾亞站到瑪荷洛身前，以凌厲的眼神瞪著瑪莉。

瑪荷洛說不出話來，只是仰望著諾亞。瑪莉披頭散髮跳了起來，拚命揮劍撥開襲擊而來的水柱，同時目露凶光，不懷好意地笑道。

「我一直在找能為齊格飛大人效力的好部下。他們目前都在我的手下接受調教。倒是你對我的誘惑無動於衷呢。不過這也沒辦法，誰叫你喜歡男人呢。」

瑪莉揮劍劈斬水柱，水柱隨即化為飛沫。之後，空氣之刃立刻斬向瑪莉。本想開槍掃射的壯漢們遭空氣之刃干擾，子彈射到了牆壁或天花板上。諾亞將手伸向脖子，碰觸平時戴著的銀頸環。喀嚓一聲，頸環解開了。諾亞將它扔在地上。

「去告訴齊格飛，這小子已經是我的了，沒有他出場的份。」諾亞對著瑪莉與壯漢們抬起雙手，直截了當地這麼說。

他的眼珠從藍色變成了金色，下一刻空間就扭曲變形，瑪莉握著的那柄劍咯咯地抖動。持槍的壯漢們納悶地後退。

「這、這是怎麼回事……？」壯漢們慌張地鼓譟起來，他們的槍彷彿遭到壓縮一般，凹陷下去變得扁平。瑪荷洛大吃一驚仰望諾亞，發現他帶著一股異樣的氣勢釋放出某種東西。瑪荷洛感覺到跟至今見過的魔法不同性質的東西，但他不知道那是什麼。看上去像是空氣遭到了壓縮。

「諾亞學長……？」瑪荷洛畏縮地退後。

「這、這是什麼力量……？諾亞，你這小子……」瑪莉雙目圓睜，再也撐不住而放開那柄劍。

掉落在地上的劍，扭曲成難以置信的形狀，最後竟破碎化為齏粉。瑪莉的眼中閃動著恐懼，她對著同夥大吼：「撤退！」

「我要在這裡殺了妳。」諾亞低聲這般宣告後，便壓低身體衝了過去。

他的速度快得非比尋常，簡直就像是瞬間移動。剎那間諾亞就追上正要逃走的瑪莉，抓著脖頸將她砸在地上。瑪莉發出呻吟，鮮血噴濺在地上。諾亞面無表情，繼續攻擊瑪莉。為了解救瑪莉，那群壯漢逃到一半又轉過身來開槍射擊。

「唔嗚！」當下瑪莉發出悶在喉嚨裡的慘叫。

諾亞拿瑪莉當肉盾，替他擋子彈，而子彈射中瑪莉的腳，壯漢們急忙抬起槍口。

「該死……！你怎麼會有這種力量……」瑪莉神情痛苦地喘著氣，擠出最後的力氣咬緊牙關道。

這時，諾亞好似吃了一驚般扔開瑪莉。瑪莉被扔到了走廊前方，受了傷的身體不斷抽搐。她的背有一部分隆起，頭部則長出角來。

「什、什麼……!?」瑪荷洛忍不住尖叫，他不敢相信自己所看到的景象。

轉眼間，瑪莉的身體化為一頭黝黑的醜陋怪獸。外形近似熊，但頭上長著兩隻角，如肉食動物一般張著血盆大口。怪獸眼放紅光，流著口水瞪著瑪荷洛他們。

「那就是妳的真面目啊。好醜喔，真教人毛骨悚然。」

諾亞露出輕蔑的笑容，擺開架勢。後面的壯漢們大喊「我們也上！」，一個接著一個變身成怪獸。

「瑪荷洛，到我後面來。」諾亞死盯著他們，同時以手示意。瑪荷洛躲到諾亞的背後。

「在這邊！敵人在這裡！」

與此同時，士兵們趕了過來。變成怪獸的瑪莉發出一聲令人顫慄的咆哮後，往另一邊的走廊衝了過去。她打算逃走吧。諾亞猶豫著該不該去追瑪莉，看到趕過來的亞伯特中將後，他決定留在現場。

「敵人闖到這裡來了嗎！」亞伯特中將察看現場的慘況，登時火冒三丈怒不可遏。

現場亂成一團，有的士兵去追瑪莉他們，有的士兵忙著到處滅火。瑪荷洛莫名覺得渾身無力，當場跪了下來。諾亞抱住他的身子，施展回復魔法治療背上的傷。瑪荷洛感覺到傷口逐漸癒合，疼痛也漸漸消退。諾亞的法杖嵌著四顆魔法石。

「中將，瑪荷洛瘦了。你們應該沒對他進行不合理的審問吧。」見諾亞目露凶光語帶威嚇，亞伯特中將頓時語塞。

「審問都是照規定進行的。純粹是這小子吃得少罷了。」

為了制止亞伯特中將與諾亞互瞪，瑪荷洛小聲回答：「我沒事的。」

多虧諾亞的治療，瑪荷洛的身體不再疼痛了。諾亞抱著瑪荷洛，嗅著燒焦的頭髮。

「這座設施不安全。我想把他安置在我家。」諾亞毅然決然地說。亞伯特中將聞言擺出一張臭臉，抱著胳膊一副猶豫的模樣。

「我很感謝你沒讓他們擄走瑪荷洛，但我不能答應你的要求——這不是我能夠決定的事。」亞伯特中將注視著瑪荷洛，看得出來這次的事，讓亞伯特中將大傷腦筋。

瑪莉不惜襲擊軍方設施也要將瑪荷洛搶回去。亞伯特中將也明白，這代表了什麼意思。

「既然這樣，我去找你上面的人談判。」諾亞撿起掉在地上的頸環，以挑釁的眼神看著亞伯特中將。他喀嚓一聲，將閃著銀光的頸環戴回脖子上。那只頸環到底是什麼？那不是普通的頸環。

取下之後，諾亞就變得不一樣了。

「瑪荷洛，你等著。我不能把你留在這種地方。」諾亞瞥了亞伯特中將一眼後，一副暗自做了什麼決定的態度如此說道。

瑪荷洛什麼話也說不出來，只能注視著那張俊秀的臉孔。

幾個小時後，軍方決定將瑪荷洛移送出這座設施。

據說瑪莉他們侵入時，破壞了設施的主要部分，軍方判斷無法確保設施的安全。移送是為了避免瑪荷洛被擄走的風險。

「高層決定，暫時將你安置在聖約翰的私邸。因為現階段，那裡離這座設施最近，警備也夠周全。除此之外，我們還會加派士兵隨行護衛。畢竟敵人不會善罷甘休吧。」亞伯特中將這般說明，語氣有些不滿。

沒想到諾亞真的為了把瑪荷洛救出去而東奔西走。雖說他是五大世家的直系子弟，但有能力跟軍方高層談判一事還是令瑪荷洛很吃驚。

「這是能讓軍方得知你所在位置的魔法器具。絕對不能拿下來。」亞伯特中將把一只金屬細環戴在瑪荷洛的腳踝上。這玩意兒就跟追蹤器差不多，而且不能拒絕。儘管腳踝上有股異物感，瑪荷洛仍乖乖服從。

「等新的移送地點決定了，我們就會去接你。」說完這句話後，亞伯特中將便轉頭去向士兵下達指示。瑪荷洛穿著白襯衫配黑褲，再套上一件黑色大衣，走出設施的正門。

來到久違的外界，瑪荷洛盡情地深呼吸。由於一直關在沒有窗戶的房間，頭頂上的那片天空讓他感到新鮮。瑪荷洛發覺，房間的封閉感都害自己變得有點不正常了。

「請上車。」

正門前面停著一輛氣派的黑色馬車。車廂表面畫著火焰與劍組成的紋章。負責拉車的是兩匹毛皮漂亮的灰馬。車夫為瑪荷洛開門。往裡頭一瞅，諾亞就坐在車廂內。見他伸手示意自己上車，瑪荷洛怯怯地坐上馬車。他想起自己還沒跟諾亞道謝。在瑪荷洛差點被擄走之際，是諾亞解救了他。

「諾亞學長……」

瑪荷洛才剛開口，諾亞就摟住肩膀將他拉進懷裡。車門關上，瑪荷洛心跳加速，臉頰泛紅。諾亞沉默地抱緊瑪荷洛，嗅著他的頭髮。

「……好糟的味道。你的頭髮都燒焦了。」諾亞撥弄瑪荷洛的頭髮，喃喃說道。

當時瑪莉的火魔法擊中瑪荷洛，頭髮被燒得慘不忍睹。就算使用回復魔法，似乎也沒辦法讓頭髮復原。

「對不起。還有……謝謝你。要是沒有諾亞學長的話……」雖然被諾亞抱著，心情十分緊張，瑪荷洛總算將這句感謝說出了口。

馬車逐漸駛離設施，前後跟著護衛的馬車與騎兵。瑪荷洛忸忸怩怩地擺弄著膝蓋。

「抱歉，花費的時間比我所想得還久。因為你的存在很特殊，就算動用老爸的力量也很難辦。」諾亞抬起瑪荷洛的下巴拉到自己面前。

瑪荷洛本來因為不好意思跟諾亞四目相對而低著頭，此刻在諾亞的強迫下與他對視，瑪荷洛不由得屏住呼吸。現已邁入新的一年，時值一月。許久不見的諾亞依舊非常俊美，美得讓人不敢直視。

「好好看著我的眼睛。」諾亞扯了一下瑪荷洛的臉頰。

瑪荷洛輕輕應了聲「好」後回望諾亞，當下一股不可言喻的情緒湧上心頭，使得瑪荷洛再度面向下方。自己不僅臉頰發燙，還眼泛淚光，身體也沒了力氣，他完全搞不清楚此刻的自己究竟是怎樣的心情。瑪荷洛不禁認為，在設施裡遭受監控期間所喪失的情感，一口氣回到自己身上了。

是因為自己安心了嗎——瑪荷洛用力咬住嘴唇。

「呃，你怎麼擺出那種表情。」見瑪荷洛的臉皺成一團，諾亞詫異地問。

看樣子他的表情，因為忍哭而變得很奇怪。

「謝、謝謝……謝謝你。」勉強說完這句話後，瑪荷洛眼淚還是忍不住撲簌簌地掉下來。

雖然軍方在進行審問時沒做出任何暴力行為，但不習慣這種事的瑪荷洛仍舊很害怕。就是因為害怕，他才會壓抑情緒一直忍耐著。現在終於可以釋放情緒了——儘管他很努力想要忍住，淚水還是不停掉落。

「嗚……嗚唔……」見瑪荷洛顫抖著肩膀哭了起來，諾亞面露苦笑，搔亂他的頭髮。

「你別哭得那麼怪啦。這樣非但可愛，看起來還更可愛了。」諾亞笑著遞出手帕，瑪荷洛便拿他的手帕擦眼淚。諾亞一直摟著瑪荷洛的肩膀等他哭完。

「……請問，接下來要去學長家嗎？」眼淚終於止住後，瑪荷洛察看窗外這麼問道。

突然把自己帶過去，難道不會給諾亞的家人添麻煩嗎？瑪荷洛的擔憂，輕易就被諾亞破除。

「要去我家的其中一棟別墅，那是適合執行警護工作的房子。」

聽諾亞的口氣，他們家似乎擁有好幾棟別墅。

「學校那邊不要緊嗎？什麼時候開學呢？」瑪荷洛出於擔心而問，諾亞回給他一個苦笑。

「今天是一月四日，寒假還沒結束。」

原來還在放寒假啊。

雖然仍有許多事情想問，最後瑪荷洛還是沉默下來。諾亞一直摟著瑪荷洛的肩膀，時而梳理他的頭髮，時而親吻他的鬢邊。瑪荷洛覺得諾亞是個很怪的人，居然願意憐愛同為男人，甚至還遭軍方監控的自己。他很擔心，自己的存在是不是會給諾亞帶來麻煩。

不久，馬車從軍方的管轄地來到一般道路。他們沿著整地過的林蔭大道，通過陌生的城市。過了幾座橋後，瑪荷洛從偶爾看得到的路標得知這裡是伊斯。馬車接著從伊斯往北駛去，進入杜拉姆公園。杜拉姆公園是著名的避寒勝地，距離首都一千公里。

古典風格的大門聳立在前方，馬車在門前暫時停下，看上去很牢固的大門發出刺耳聲響敞了開來。數輛護衛馬車跟在瑪荷洛他們的馬車後面，一同穿過那道大門。

越過門後依舊是條漫長的道路。放眼望去是一大片草坪，還看得到矗立在遠方的城堡。抵達城堡之前得先經過兩道門，並且接受門衛的檢查。這些門衛都攜帶長槍。馬車又跑了五分鐘左右，才終於抵達城堡。打扮看似管家的白髮男子，以及身穿西裝的提歐就站在城堡前面。

「諾亞少爺，歡迎您回來。」車夫一開門，提歐便行禮問候。

諾亞下了馬車，瑪荷洛也懷著膽怯的心情來到車外。由於瑪荷洛之前服侍過鮑德溫家，他早已看慣了貴族的宅邸，儘管如此，他仍再次體認到諾亞是貴族的事實。

「瑪荷洛，我來為你介紹吧。這位是管家亞蘭。」

「初次見面，您好。我聽諾亞少爺說過您的事了。」管家散發著溫柔和藹的氣質。

「負責監督我的提歐，你應該認識吧？」

提歐對瑪荷洛微微一笑。

「提歐，你去部署負責護衛的那群人。坦白說，他們很礙眼。隨便找個地方安置他們就行了。」諾亞指著從護衛馬車走出來的士兵們說道，然後拉起瑪荷洛的手，儘管很在意後面那群人，瑪荷洛仍在諾亞的帶領下進入屋內。

門廳頗為寬敞，有著挑高的天花板。鋪在地上的大理石呈棋盤狀，牆上掛著看似歷代家主的人物肖像畫，而左右兩邊各有一座通往二樓的階梯。幾名身穿女僕裝的中年女子，整齊地站在其中一座階梯的前面。

諾亞一來，她們立刻鞠躬行禮。

「準備洗澡水。這小子的頭髮亂七八糟的，幫他修剪得好看一點。」諾亞以熟練的口吻對女僕們下令。女僕們回了一句「遵命」後，便領著瑪荷洛往走廊深處走去。

「軍方一定沒給你吃像樣的東西吧。等你洗好澡，我會請你吃美食，所以快點去把自己打理乾淨吧。」諾亞帶著愉悅的神情，看著被女僕們帶走的瑪荷洛說道。

不習慣的待遇令瑪荷洛不知所措，只能懷著忐忑的心情前往浴室。

洗了熱水澡後，一名女僕幫瑪荷洛理頭髮。頭髮似乎燒得很嚴重，都捲曲變形了，最後鏡中的自己變成一頭短髮。髮色徹底變回純白色，那名女僕因而誤會，語帶同情地對他說：「您一定遭到非常過分的對待吧。」

瑪荷洛換上料子很好的訂製襯衫與長褲，腳上則穿著新皮鞋。衣服與鞋子全都符合瑪荷洛的尺寸，也不知道是何時準備的，他不由得佩服起諾亞。

「打理乾淨了呢。頭髮剪得好短。」

瑪荷洛被請到餐廳，結果發現諾亞已在那裡等他。諾亞撫摸瑪荷洛那一頭剪短的白髮，露出欣喜的微笑。身穿西裝的諾亞牽起瑪荷洛的手，帶他到坐十個人應該也綽綽有餘的餐桌入座。熨得平整的白色桌巾上，整齊擺放著看起來很昂貴的餐具與刀叉，侍者為瑪荷洛送上葡萄酒。

「諾亞學長……其實我，好像不是鮑德溫家的人……」瑪荷洛小聲向坐在對面，一臉滿意地望著他的諾亞這麼說。

諾亞喝著葡萄酒，不以為意地回答。

「我聽說了。反正我又不是因為你來自鮑德溫家才招待你的。你是不是不喝酒啊？聽說你愛吃三明治是吧，明天早餐就幫你準備。」

直到今天早上，瑪荷洛吃的都是放在托盤上的麵包與湯這種單調的食物。跟此刻相比落差實在太大了。

「你還是白髮比較可愛呢。葡萄酒我也喜歡喝白酒。」

在瑪荷洛享用送來的餐點，為餐點的美味感動不已之際，諾亞則是帶著勾魂攝魄的笑容望著他。諾亞沒碰餐點，從剛才到現在已喝掉一瓶葡萄酒了。看來他的酒量相當好，只是學校不供應酒，所以瑪荷洛並不曉得這件事。

「不好意思……我可以問幾個問題嗎？」諾亞的目光停留在瑪荷洛身上，幾乎要將他看穿一個洞來，瑪荷洛不禁覺得害臊，於是開口問道。不知道有什麼好看的諾亞則始終喝著葡萄酒，並且目不轉睛地望著瑪荷洛。

「學校……怎麼樣了？我應該是沒辦法回去了……」瑪荷洛抬起目光詢問後，諾亞的視線終於從他身上移開。

剛才的好心情蕩然無存，諾亞不悅地咂嘴。

「駐守在島上的士兵多了一倍。有夠礙眼的。」諾亞口吐惡言，看似不愉快地喝著葡萄酒。瑪荷洛本來想說自己要問的不是這種事，但看到諾亞的態度依然如故，他忍不住笑了出來。

「跟你同寢室的那個，叫什麼來著……那個雀斑小子，姑且還算有精神。他一直很擔心你。」

明明同為魔法社的成員，諾亞卻不記得札克的名字，真讓人同情。不過，得知他很有精神，瑪荷洛就放心了。

「他叫札克啦，拜託學長記起來。謝謝學長告訴我札克的消息。另外……」瑪荷洛擱下刀叉，「瑪莉老師的、呃……那到底是……」他吞吞吐吐地提起這個話題。

襲擊瑪荷洛的瑪莉，後來變成了怪獸。同夥的壯漢們也是如此。那到底是怎麼回事呢？至今他仍不敢相信自己看到的景象。而且——

「諾亞學長，你脖子上戴著的……」瑪荷洛略抬起頭，瞄了一眼諾亞的頸部。

此刻諾亞穿著西裝，因此看不見脖子。當時，諾亞取下平常戴著的頸環，結果就——

「那個……不是魔法，對吧？」瑪荷洛偷偷觀察諾亞的臉色。

雖然不知道這件事能不能問，但他非常好奇。瑪荷洛暗自決定，如果諾亞不願意說那就作罷，於是觀察他的表情。即使遭人問起重要的祕密，諾亞依然面不改色，優雅地享用起餐點。他的用刀姿勢很優美。

「不，那姑且算是魔法。不過，它跟學校教的魔法是不同的系統。那是我的獨立魔法——『空間干預』。簡單來說就跟異能差不多。」諾亞似乎無意隱瞞這件事，回答得很乾脆。

「異能……？」瑪荷洛將身子往前傾。

（那也是魔法呀？可是當時，空間好像扭曲了。）

「那是臭老爸害我得到的賦禮。學校教導的魔法，是指示精靈發動的；至於我的獨立魔法，則是由我自己發動的。平常我的脖子不是戴著一只銀環嗎，那玩意兒就是用來壓制我的異能。因為有時情緒一激動，獨立魔法就會擅自發動。」諾亞一副沒什麼大不了的語氣解釋道。

「反正這裡是我家，即使弄壞什麼東西也不要緊，所以我把銀環取下來了。冬天戴著那玩意兒可冷了。至於瑪莉為何會變成怪獸，我也不清楚。不過，下次再見到那隻狐狸精，我一定會宰了她。」

諾亞用完餐，放下刀叉。瑪荷洛完全搞不懂，獨立魔法究竟是怎樣的魔法。

「別擺出驚呆的表情啦。我的獨立魔法，具體來說就是能夠切割或壓縮空間。只要是無機物，我都有辦法破壞。所以就算拿槍對著我也沒用。除此之外，還有各式各樣的運用方式……」大概是覺得說明起來很麻煩吧，諾亞把餐巾擱到桌上。

「你說那是父親害你得到的賦禮，那奧斯卡學長和里昂學長也有嗎？」瑪荷洛好奇地問，他以為那可能是五大世家的直系子弟才擁有的魔法。

「不，我沒見過跟我一樣擁有獨立魔法的人。以後我會再詳細告訴你。這是會讓人心情不好的話題，我現在不想談。」

諾亞不願意繼續說下去。畢竟也不是非逼對方解釋不可的事，瑪荷洛決定專心用餐。當作甜點的蛋糕好吃得不得了。諾亞似乎不愛吃甜食，只見他喝著咖啡。

等瑪荷洛用完餐後，諾亞便從椅子上起身。看到他要離開餐廳，瑪荷洛也趕緊追在後頭。

「諾亞學長，呃……那個時候，你說我……」

諾亞大步流星地走在走廊上，瑪荷洛對著他的背影欲言又止。諾亞不僅從瑪莉他們手中解救了瑪荷洛，而且還直截了當地宣稱瑪荷洛「已經是他的了」。講出那種話，齊格飛不知會怎樣報復諾亞，他難道不害怕嗎？想到自己可能給諾亞帶來麻煩，瑪荷洛的心情就很沉重。齊格飛是個殺人不眨眼的男人。要是他盯上諾亞，那可怎麼辦才好？

「我害你……」

「你就使用這個房間吧，我的房間在隔壁。」

諾亞打斷瑪荷洛的話，開啟二樓某個房間的房門。走進房內一看，牆上貼著碎花壁紙，並且陳設著床鋪、衣櫥與小書桌。這是客房嗎？房間打掃得很乾淨。令瑪荷洛感動的是，他的行李箱已放在房內了。有人幫他把行李搬來這裡。雖然沒什麼貴重物品，不過身邊能有自己的東西還是很令他開心。

「謝、謝謝學長……」瑪荷洛用眼睛掃了房間一圈後，連忙低頭道謝。諾亞把門關上，站到瑪荷洛的身前，撩起自己的頭髮。

「我已經決定向齊格飛宣戰了。」諾亞瞇起眼睛厲聲說道。

瑪荷洛心頭一驚，忍不住縮起身子。

「我不會把你交給那小子的。為了保護你，就算要動用臭老爸的權力我也在所不惜。管他是神國崔尼諦還是什麼玩意兒，總之我不准他們利用你做任何事。」

瑪荷洛不自覺地顫抖起來。因為他發覺，自己似乎害諾亞捲入了不得了的大事。諾亞分明沒必要冒這種危險呀。

「諾亞……學長。」

見瑪荷洛臉色鐵青咬著嘴脣，諾亞捧住他的臉頰。

「這是我擅自做出的決定。不過，如果你真的願意成為我的人，當然能使我幹勁加倍。」諾亞在近得能感受到吐息的距離下低語，瑪荷洛不知如何是好，不由得垂下目光。腦海浮現出在島上慘遭殺害的眾多士兵屍體。

「不可以……不能為了我，做出那麼危險的事……」

瑪荷洛以沙啞的嗓音這麼說後，諾亞的脣緩慢地碰觸他的脣。瑪荷洛沒有拒絕諾亞的吻。他甚至認為，如果諾亞想要，他願意任由諾亞擺布自己的身體。

「有什麼辦法，誰叫我喜歡上你了呢。都要怪你長得又白又可愛。」見諾亞笑著打馬虎眼，瑪荷洛莫名悲從中來，凝視著諾亞。諾亞本想再吸吮瑪荷洛的脣瓣，表情卻突然變得僵硬，最後放開了手。

「跟我想像的不太一樣呢。沒想到你會露出那麼悲傷的表情。話說回來，我原本打算在今晚要了你，但這樣看起來就像是仗著權勢逼迫你，畢竟你不喜歡我……哎呀，沒希望了嗎？」諾亞喃喃自語，逕自往門口走去。

「早知道會這樣，當初就應該在不開放的房間裡霸王硬上弓了。敢把我趕出房間的人，也就只有你一個耶。今晚好好休息吧。」他故意大聲嘆了口氣，然後走出房間。

瑪荷洛分明什麼話也沒說，他無精打采地坐到床上。

諾亞願意豁出性命保護自己，這份熱情與心意真的很令瑪荷洛開心。然而，瑪荷洛的內心卻五味雜陳。諾亞正打算幫助像自己這樣的人。其實他並不想把諾亞牽扯進來。瑪荷洛知道諾亞很強，但齊格飛是個建立組織發起叛亂的人物。齊格飛能夠毫不猶豫地殺人，不曉得他會對諾亞做出什麼事。

（可是，我再也不會回齊格少爺身邊了。）

瑪荷洛抱著堅定的決心，握緊雙手。

雖然多年來瑪荷洛很敬慕齊格飛，覺得他有恩於自己，但回到齊格飛身邊，只會使自己的能力遭到利用而擴大損害。他不想再看到有人死去；不想再體驗那種恐懼與悲傷。

（這也算是對被我害死之人的一點贖罪……）

瑪荷洛閉上眼睛，額頭抵在交握的手上。

這時，突然有人沒敲門就直接把房門打開。瑪荷洛嚇了一跳，看向門口。

諾亞再度走進來，把門關上。

「——還是讓我抱你吧。」諾亞大刺刺地走到瑪荷洛身前，揪著他的手臂說道。

瑪荷洛頓時目瞪口呆，諾亞立即脫掉鞋子爬上床鋪。

「好不容易才把你搶回來，晚上卻要一個人睡，這實在太奇怪了。過來，瑪荷洛。」諾亞把瑪荷洛拉到床鋪中央，壓在他身上。瑪荷洛跟不上突如其來的發展，諾亞便趁這個時候脫掉他腳上的鞋子，扔到房間角落。

「這是什麼？」注意到瑪荷洛的腳踝上戴著有追蹤器功能的金屬環後，諾亞皺起眉頭。

「真讓人不爽，居然給你戴上這種玩意兒。要弄壞它嗎？」

諾亞觸碰瑪荷洛的腳踝這麼問，瑪荷洛趕緊回答「不行」。

阻止諾亞後，他看似不滿地咂嘴。

「諾亞學……」

諾亞把臉湊了過來，堵住瑪荷洛的嘴唇。瑪荷洛則反射性地閉上眼睛，整個人陷在床單裡。諾亞吻得越來越深，弄溼了瑪荷洛的唇瓣。嘴唇遭到激烈的吸吮，瑪荷洛的身體不由得僵硬起來，這時諾亞將他的襯衫下襬拉到褲外。

「不討厭吧？」諾亞趁著接吻的空檔輕聲詢問，瑪荷洛紅著臉微微睜開眼睛。

諾亞的手自襯衫下襬探了進去。長指撫摸著腹部，瑪荷洛覺得自己的心跳聲大到好似能讓諾亞聽見。

「我……不覺得、討厭。」瑪荷洛紅著臉喃喃地說。

他並不討厭諾亞的觸碰。跟諾亞接吻感覺很舒服，諾亞的身體也很溫暖。雖然瑪荷洛搞不清楚自己是否喜歡諾亞，但此刻他不想拒絕諾亞。

「那就好。」諾亞輕聲笑了笑，動手解起瑪荷洛的襯衫鈕釦。

瑪荷洛本想自己來，不過諾亞委婉地制止了他。

「現在就像在開寶箱一樣。你乖乖的別動。」諾亞將鈕釦全部解開，暴露出瑪荷洛的肌膚。他揚起嘴角，彎下身來。

「呀！」諾亞的唇落在胸口上，瑪荷洛忍不住發出怪聲。

諾亞親吻著瑪荷洛的上半身，彷彿要用嘴唇盡情品味他的身體。瑪荷洛懷著緊張的心情，忍受諾亞的唇在身上到處移動。諾亞的髮絲碰到他的皮膚，感覺很癢。每當嘴唇接觸到身體，心跳就會加快。

「那……那裡也要……？」諾亞的嘴唇一碰到乳頭，瑪荷洛便尖聲問道。

諾亞輕輕笑了笑，將瑪荷洛的乳頭含入口中。他以舌尖勾勒，吸吮出聲。瑪荷洛忍不住扭動腰部，感覺很奇怪。身為男人的他只有平坦的胸部，但諾亞卻很仔細地愛撫。

「唔唔……」

諾亞吸吮其中一邊的乳頭，並以手指逗弄另一邊的乳頭，瑪荷洛覺得很難為情，低低哼著。為什麼一直玩弄那裡呢？這讓瑪荷洛很在意。他擺動腰肢示意諾亞差不多該停下來了，結果諾亞的手移到他的下腹部。

「……！」下腹部遭諾亞揉捏，瑪荷洛登時屏住呼吸。大掌以偏重的力道隔著褲子搓揉，使得瑪荷洛的臉瞬間像是著火一般發燙。

「我要脫掉褲子囉。」

就在瑪荷洛滿臉通紅渾身僵硬之際，諾亞伸手去解他的腰帶。諾亞說過，他不曾與男人發生過關係。要是看到自己的裸體，會不會害他倒胃口呢？

「呃……那個……」

瑪荷洛正想問，是不是趴著比較好，這樣就不會看到性器了，沒想到諾亞輕而易舉地將他的褲子連同底褲一起扯下。下半身暴露在諾亞面前，瑪荷洛霎時羞得連耳根子都紅了。雖然剛才回答不覺得討厭，但他實在很難為情，希望諾亞能就此停手。

「太驚人了，你連這裡也是白色的啊。」

諾亞仔細端詳瑪荷洛下體的毛髮，語帶驚嘆地說。瑪荷洛連忙用手遮住下半身，想從諾亞身下逃走。

「還、還是算了吧！」沒想到在諾亞面前赤身裸體會讓人這麼害羞。見瑪荷洛想逃，諾亞伸手硬把他的腰拉回來。

「現在跟我說算了，你是在小看我嗎？你的身體，真的全是白色的耶。啊——這什麼？棉花糖？」瑪荷洛雙腳亂踢不斷掙扎，諾亞抽掉他腳上的褲子，然後往臀部咬了下去。

「咿耶！」屁股遭人咬了一口，瑪荷洛當即發出怪異的叫聲。諾亞吸吮瑪荷洛的臀瓣，並把掛在腿上的底褲扯下來。

「真糟糕，我不覺得自己是在跟男人上床，但也不覺得你像女人……你的身體又白又光滑，不管咬哪裡都很美味。」諾亞捉住拚命想逃的瑪荷洛，嘴脣在他的大腿上徘徊流連。遮蔽下半身的東西早已除去，瑪荷洛漲紅了臉頻頻發抖。諾亞著迷地來回舔著瑪荷洛的身子。嘴脣移到大腿根部，連性器底下的囊袋都含進嘴裡。

「諾亞……學、長……」

瑪荷洛的臉色一陣紅一陣綠，身下的床單也給弄亂了。諾亞牢牢扣住瑪荷洛的腰肢，使得他無法動彈。與此同時，諾亞品嘗起瑪荷洛的性器。

「唔、唔啊……啊……」

性器被含進暖熱的嘴裡，瑪荷洛承受不住這股刺激，抬手遮住臉孔。諾亞舔著瑪荷洛性器上的繫帶。當他直接含進嘴裡時，一股電流直衝瑪荷洛的頭頂。性器在諾亞的口中變硬了。諾亞將指尖探進他的包皮裡，並以舌尖逗弄前端。

「請……請不要……這樣，很髒的。」

那種東西可以放進嘴裡嗎？在羞恥心的作祟下，瑪荷洛全身顫慄。實際情況跟他想像的不一樣。雖然瑪荷洛認為諾亞若是想要自己，給他抱也無所謂，但瑪荷洛並不想像現在這樣，只有自己接受愛撫。心臟從剛才就一直發出吵人的跳動聲。

「是你就沒關係。真不敢相信……光是舔你的身體就讓我勃起了。」

諾亞來回舔著瑪荷洛的性器，同時大口吐氣。瑪荷洛把遮臉的手挪開後，諾亞便從他身上起來。諾亞的臉頰微微泛紅，呼吸也很急促，一副覺得很熱的樣子解開襯衫的鈕釦。

「這房間又還沒開暖氣，怎會這麼熱……」

諾亞一邊說，一邊脫掉身上的外套與襯衫，扔在地上。他的上半身一露出來，立即奪去瑪荷洛的目光。臉蛋那麼俊俏美麗，胸膛卻很厚實，腹肌也是線條分明。難怪無論自己怎麼抵抗他也紋絲不動。諾亞的身上有著結實的肌肉。

「我從沒有過如此令人興奮的性愛……都脹到發痛了。」

諾亞用橡皮筋束起頭髮，接著動手脫褲子。一看到頂起了底褲的下腹部，瑪荷洛頓時心慌意亂別開目光。諾亞的尺寸大到與自己的根本無法相比，瑪荷洛突然害怕起來。諾亞是男人，想要擁抱同為男人的自己。

「也讓我看看你的全身。」

將自己脫光後，諾亞把掛在瑪荷洛身上的襯衫扔到地上。接著從背後抱住瑪荷洛，吸吮他的脖頸與肩頭。諾亞緊貼著他，勃起的性器抵著他的臀部。瑪荷洛全身都燒了起來，死命將額頭壓在床單上。

「心臟跳得好快。你很興奮。」

諾亞來回撫摸著瑪荷洛的胸口。他品嘗著瑪荷洛的耳垂，玩弄乳頭。抵在身上的性器緩慢磨蹭，蹭得瑪荷洛忍不住喘氣。諾亞的性器很硬，不過瑪荷洛的性器也從剛才就保持昂首的狀態。連自慰次數都少得可以的瑪荷洛，一直以為自己對性沒什麼興趣，但被諾亞觸碰以後身體始終火熱滾燙。

「要……要怎麼……怎麼做……」瑪荷洛喘著氣問。

他無法判斷自己是舒服還是害怕、覺得熱還是覺得冷。體內深處分明熱得不得了，他卻顫抖個不停。

「別再發抖了。」諾亞套弄著他的性器這麼說。

腰部細細抖動，瑪荷洛蜷起了身子。身體不聽使喚。背部明明感受到諾亞的體溫，身體卻微微打著哆嗦。

「感覺像在欺負小動物似的，這樣會讓人產生罪惡感吧。瑪荷洛，面向我。」見瑪荷洛顫抖不已，諾亞拉扯他的耳垂說道。瑪荷洛動作僵硬地看向後方。諾亞立即將嘴唇湊了過去，親吻瑪荷洛。

「嗯……嗯、唔……！」諾亞給了瑪荷洛一個唇舌交纏的熱吻。正當瑪荷洛努力回應這個吻時，諾亞的手指冷不防按著後庭的入口。

「嗯嗯……！噗哈……！咿、啊……！」諾亞趁著熱吻的空檔，將手指插進後庭裡，瑪荷洛登時大驚失色。

諾亞的手指鑽進了體內的深處。

「為、為什麼要弄那裡……？很、很髒的。」瑪荷洛大吃一驚，淚眼汪汪地喘著氣。性器被舔時他就覺得這麼做很髒，那個地方更不用說了。

「你還真沒有這方面的知識耶……先跟你說一聲，待會兒我的陽具就會插進這裡了。」諾亞舔著瑪荷洛的唇角說道。這句話太出乎瑪荷洛的預料，頭腦頓時一片空白。

他要插進這種地方嗎……？那裡很髒又很窄小，到時候一定會很痛。

「不行，沒辦法啦……！諾亞學長，我還是不要做了。」

見瑪荷洛倉皇失措想要逃跑，諾亞強行堵住他的嘴巴。讓瑪荷洛無法開口拒絕後，諾亞的手指便推起他的內壁。手指在內部摸索的觸感讓瑪荷洛很不舒服，眼裡噙著淚水。他很想逃離現場，但諾亞壓著他，不許他逃跑。

「這裡舒不舒服？」

狠狠地玩弄內部後，諾亞的手指用力摩擦裡頭的突起物。腰肢當即軟了下來，瑪荷洛不禁屏住呼吸。

「不……咦……？」

見瑪荷洛感到困惑，諾亞開始專心摩擦那個部位。起初只是一點一點地發熱，但漸漸地就變成很明確的感覺。

「咿……！啊……！啊……！」每當手指推起那個部位，瑪荷洛就會舒服得逸出嬌吟。心靈跟不上身體的反應，瑪荷洛驚訝地眨了眨眼睛，諾亞見狀便起身抬著瑪荷洛的腰肢。

「找到你的敏感點了。我會讓你快活的。」

諾亞不知從哪兒拿出一個瓶子，將黏滑的液體倒在瑪荷洛的股溝上。他讓瑪荷洛呈翹屁股的姿勢，再以溼淋淋的手指愛撫內部。兩根手指進入體內，把剛才令瑪荷洛叫出聲音的部位弄得溼答答黏糊糊的。

「不……！啊……！啊、啊……！」

體內有手指不斷摩擦，性器也益發昂揚。呼吸變得急促，腰部不自覺地彈起。諾亞以手指擴張內壁，戳著裡面的突起物。瑪荷洛全身發燙，發出奇怪的叫聲。他完全搞不清楚自己是怎麼回事，唯獨肉體感受到越漸深沉的快感。

「看著你雪白的身體逐漸變紅，真教人亢奮。」諾亞把手繞到前面套弄著瑪荷洛的性器，淡淡地笑道。瑪荷洛的性器前端泌出了前列腺液，叫聲也變得越來越尖細。真不敢相信，自己竟然發出這樣的聲音。

「要再增加一根手指囉。」

說話的同時，諾亞硬是再插入一根手指。後庭銜著三根手指，呼吸因而紊亂到不行。身體逐漸舒展、鬆弛下來。自己的吐氣聲聽起來好吵。

「哦——」

就在性器持續受到愛撫的期間，一波難以抵抗的浪潮席捲而來，瑪荷洛終於射精了。混濁的白色液體噴濺在諾亞的手上，腰部不斷顫抖。

「哈啊……！哈啊……！哈啊……！對、對不……起。」瑪荷洛精疲力盡，氣喘吁吁地道歉，諾亞聞言吸吮他的後頸。

「光是愛撫後面就能達到高潮呀。照這個樣子來看，應該沒問題吧。」諾亞將手指探入更深的地方，輕聲說道。

瑪荷洛的氣息依舊紊亂，他發出野獸般的呼吸聲，把床單給弄溼了。他很想躺下來，但諾亞仍抬著他的臀部。諾亞要愛撫那個地方到什麼時候呢？瑪荷洛有股強烈的壓迫感，想叫他別再弄了。

「這裡變得很柔軟了……你還能繼續吧？」諾亞邊說邊以手指摩擦深處。

瑪荷洛的性器原已疲軟下來，但在諾亞鼓搗內部的期間再度硬了起來。明明不覺得舒服，性器卻保持著硬度。感覺好奇怪，而且聲音也喊到沙啞了。

「差不多可以了吧？我也忍不下去了。」諾亞終於抽出埋在體內的手指，瑪荷洛鬆了一口氣，綿軟無力地倒在床單上。不知不覺間他已不再發抖，但全身軟綿綿地使不上力。

「把腳抬起來。」諾亞讓瑪荷洛仰躺著，並抬起自己的雙腿。

等瑪荷洛抱住壓到胸口上的腿後，諾亞便彎下身子。

「我要進去了。」他吐出灼熱的氣息，將勃起的性器前端抵在瑪荷洛的後庭入口。接著緩慢地將身體的重量往下壓，準備插進去——

「咦？」

「什麼——？」

瑪荷洛與諾亞同時發出驚呼。

彼此的身體之間浮現了像是魔法屏障的東西，諾亞立刻挪開身體。瑪荷洛頓時有種什麼東西綻開似的感覺，一臉木然與迷茫。他無法理解發生了什麼事。諾亞似乎也同樣驚訝，整個人都愣住了。

「剛剛那是什麼東西——？我好像被看不見的牆壁推了回來。」

諾亞伸手碰觸瑪荷洛，謹慎地盯著四周。瑪荷洛努力調整紊亂的呼吸，撐起上半身。

「雖然覺得不太可能……那是你的貞操帶嗎？我再試一次看看。」諾亞以謹慎的動作，再度嘗試將性器插入瑪荷洛的體內。結果又跟剛才一樣浮現出魔法屏障，諾亞登時往後倒去。

「……喂，這到底是怎樣啊？」他霍地爬起來，平靜地散發著深沉的怒氣。

「我、我不……知道。畢竟我是第一次做這種事……」

瑪荷洛不知所措地抱著自己的腿。諾亞說那是貞操帶，但他不記得自己戴著這種東西。

「我懂了，是齊格飛那傢伙搞的鬼吧？為了防止你被其他男人侵犯，所以給你施了這種魔法是吧？你說我的慾火要怎麼辦？我可沒成熟到在這種狀態下遭到阻撓，還能夠淡然處之啊。齊格飛那個混蛋，我絕對饒不了他。」

諾亞似乎認為是齊格飛在瑪荷洛身上施了魔法。可是，瑪荷洛不記得有這種事……連他自己也搞不懂是怎麼回事，瑪荷洛默默將床單拉過來遮住身體。激昂的慾望做到一半卻宣洩不得，想必諾亞很難受吧，不過瑪荷洛同樣按捺不

住這種煎熬。

「——問你個問題。要怎麼做，才能在不殺死對方的情況下，吃掉對方的心臟？」諾亞嘆了一大口氣後，突然這麼問道。瑪荷洛翕動著嘴脣，答不出話來。

「……手指插進去倒是不要緊對吧？」

胡亂搔了搔頭髮後，諾亞一副重新振作起來的樣子問道。剛才諾亞以手指肆意翻攪內部時，的確沒有出現魔法屏障。

「我就暫時不進去了。看來只要不插入陽具，就不會發動剛才的玩意兒。」話一說完，諾亞就把瑪荷洛翻過來，讓他趴在床單上。接著壓在瑪荷洛的背上，以勃起的性器磨蹭他的股溝。

「抱歉，你就陪我到射出來為止吧。」諾亞含弄著瑪荷洛的耳垂，同時擺動腰桿。

他的巨物不斷從後庭往前來回滑動。瑪荷洛夾緊大腿，他便發出聽似舒爽的呼吸聲，並且扭動腰部。諾亞的紊亂氣息噴吐在耳垂上，瑪荷洛將臉頰壓在床單上發出嬌喘。諾亞的性器磨蹭到瑪荷洛的性器，使得後者也跟著爽快起來。

「諾亞學長……」瑪荷洛情不自禁地扭動腰肢。

諾亞的性器自他的大腿之間頂出來，心裡明明覺得非常害羞，卻又感到興奮不已。諾亞呼吸急促地抱住瑪荷洛的腰，把手伸到前方，輕輕套弄瑪荷洛的性器。

「嗯……！唔、嗯……！諾亞學長……哈啊……！」瑪荷洛擺動腰肢，同時接受諾亞的愛撫，舒爽的快感令他逸出斷斷續續的呻吟。彼此的氣息重疊交錯，身體變得更加火熱。

「啊——……差不多要射了……」諾亞小幅度擺動腰部，發出聽似難受的呼吸聲並這麼說。瑪荷洛粗喘著氣，抖動著腰肢。隨後，諾亞便加快擺腰的動作，讓瑪荷洛陷入諾亞就在體內似的錯覺。

「啊……！啊！啊！啊！」諾亞的動作越來越激烈，瑪荷洛不禁露出恍惚的神情。

握在諾亞手中的性器賁張欲發。那隻手不斷製造出水聲，刺激瑪荷洛的羞恥心。

「唔、要射……了……！」諾亞屏息脫口說出這句話，並粗魯地套弄瑪荷洛的性器。

強烈的快感席捲而來，瑪荷洛不由自主地抖動腰肢。諾亞摩擦前端的小孔，瑪荷洛便忍不住射了出來。與此同時，諾亞也在瑪荷洛的臀部上噴出混濁的白色液體。

「咿……！哈……！哈啊……！哈啊……！」瑪荷洛精疲力盡地撲倒在床單

上，諾亞則發出野獸一般的喘息聲，疊在瑪荷洛的背上。他的性器撲通撲通地搏動著。諾亞緊貼著瑪荷洛，吸吮他的後頸與耳垂。

「哈啊……真舒服……」諾亞吐出一大口氣，將瑪荷洛翻過來仰躺著，如飢似渴地品嘗他的嘴脣。諾亞舔拭、吸吮溼潤的脣瓣，給瑪荷洛一個濃烈到甚至不許他呼吸似的熱吻。

「就這樣再讓我碰一會兒。」諾亞一邊說，一邊以在胸前摩挲的那隻手揪扯瑪荷洛的乳頭。

每當乳頭遭到逗弄，腰部就會逕自抖動。身體變得很不對勁。只要諾亞玩弄各個地方，身體就會不由自主地顫動。

「……可以吧？」諾亞握住瑪荷洛溼淋淋的性器，再度套弄起來。瑪荷洛不曾像這樣連續高潮好幾次。他就這麼恍恍惚惚，任由諾亞擺布。

諾亞花了不少時間盡情疼愛瑪荷洛。雖然沒能進入瑪荷洛的體內，不過他舔拭、揉捏、發掘了所有地方。兩人也一再接吻，次數多到都記不得了。自己是何時睡著的呢？陽光透過窗戶照醒了瑪荷洛，他發覺諾亞正吸著自己的脖頸。

「唔……諾亞……學長。」瑪荷洛將疲軟的身子往後靠。

雖然不記得自己是何時移動的，總之這裡不是客房，而是更大的——多半是諾亞的房間，他則一絲不掛地睡在床上。諾亞自背後抱緊瑪荷洛，兩人一起裹在毛毯裡。

「早安。」

瑪荷洛一翻身，諾亞就吸住他的嘴唇。

一早就來個濃烈的吻，吻得瑪荷洛都要喘不過氣。身體不僅沉重，還黏答答的。回憶諾亞昨晚的行為，瑪荷洛頓時害臊極了。一對上諾亞的目光，他羞得連耳根子都紅了。他都不曉得，原來做愛是像昨晚那樣互相展露一切的行為。

「……結果沒能進到你體內呢。」

聽到諾亞喃喃地嘟囔，瑪荷洛忍不住向他道歉。諾亞表示自己是在開玩笑，笑著一把抓住瑪荷洛的屁股。在大掌的揉捏下，瑪荷洛回想起昨晚那個地方遭諾亞狠狠玩弄的事，不由得發出嬌喘。他都不曉得，後庭裡面居然那麼敏感。

「一起洗澡吧，我幫你洗乾淨。」諾亞掀開毛毯，赤身裸體地拉著瑪荷洛的手臂。

在明亮的室內看到諾亞勻稱的肉體，讓瑪荷洛再度覺得難為情而忍不住別過頭。大概是已習慣給人看自己的裸體吧，諾亞一副不以為意的態度，但瑪荷洛不想讓人看到自己瘦弱的肉體，於是找東西遮住自己。

「你在做什麼？」

正要把床單裹到身上時，諾亞將他抱了起來。諾亞的房間有三道門，其中一道門通往浴室。諾亞完全沒把瑪荷洛的重量放在眼裡，輕輕鬆鬆將他抱進浴室。

「諾亞學長，那個……」

浴室鋪設了大理石，獸足浴缸裡已放好冒著熱氣的洗澡水。諾亞抱著瑪荷洛，直接坐進浴缸裡。坐下來後熱水泡到腰部的位置，瑪荷洛的表情頓時放鬆下來。

「我自己洗……呃……」

他都表明自己的身體自己洗了，諾亞依舊興高采烈地拿肥皂在瑪荷洛身上搓出泡沫。給諾亞親自動手清洗自己的身體，無論如何都會讓瑪荷洛想起昨天的行為。分身自然而然變硬，呼吸也帶著熱度。

「欸，我覺得你看起來超可愛的，你說我是不是有病？」

諾亞自背後將瑪荷洛摟進懷裡，用滑溜的手撫摸他的乳頭。指尖在乳頭上又捏又轉，弄得瑪荷洛險些發出奇怪的叫聲，他拚了命地忍住。

「嗯……呼、嗯……呼、對……我覺得學長有病。」見瑪荷洛垂下目光這樣回答，諾亞隨即笑了。

「是嗎，我有病呀？那就沒辦法了呢。」諾亞緊貼著瑪荷洛，揉捏他的臀瓣。指尖鑽入後庭內，瑪荷洛忍不住抬起腰肢。他很怕熱水會跑進去。諾亞的手指潛入還很柔軟的地方。見瑪荷洛不情願地退縮，諾亞有些強硬地將他拉回來。

「應該不會痛吧？別逃啊。」諾亞吸吮著瑪荷洛的脖頸，這般命令道。手指不斷摩擦體內，瑪荷洛拚命忍住叫聲。他上半身往前傾，淚眼汪汪地拜託諾亞拔出來，諾亞這才終於抽出手指。

「瑪荷洛。」循著呼喚怯生生地回過頭，便見諾亞一副喜不自勝的表情從背後抱緊自己，「昨晚我真是幸福極了。但願你也是如此。」諾亞啄著瑪荷洛的脣，輕聲說道。

諾亞一吻他，瑪荷洛就頭腦發昏。

他無法理解，為什麼這個俊美的男人會對自己做出這樣的行為。諾亞的吻很甜蜜，吐露的情話聽得瑪荷洛心蕩神迷。突然間，瑪荷洛發現自己的肩膀與上臂有瘀血痕跡，整個人瞬間愣住。原本以為可能是被蟲叮咬，但他很快就發覺那是諾亞留下的愛撫痕跡。

「嗯？哦——你身上真精采呢。」

見瑪荷洛檢查自己全身上下，諾亞面露苦笑。後頸、鎖骨、上臂、大腿、腹部和臀部——看來諾亞在瑪荷洛毫無所覺的情況下，貪婪地將他嘗了個遍。

「你的皮膚很白，這些吻痕會很顯眼吧。放心，我會叫人準備遮得住脖子的衣服。何況今天還邀請了客人。」諾亞露出別有深意的目光，將熱水潑在瑪荷洛的肩上。

客人……？瑪荷洛納悶地歪著腦袋。

「我先讓你發洩一次。跪著吧。」諾亞將手繞到前面，以愉快的語氣這麼說。因為諾亞在瑪荷洛身上到處亂摸，害他勃起了。在諾亞的催促下，瑪荷洛轉而採取跪立的姿勢，隨後諾亞的手便輕柔地套弄起來，瑪荷洛不由得屏住呼吸。

「嗯……！呀、啊……！」瑪荷洛扶著浴缸的邊緣，腰肢微微顫抖扭動。大掌玩弄著繫帶與前端。正當瑪荷洛覺得在明亮的浴室內喘氣的自己很丟臉時，諾亞的手摸向他的股溝。

「不、啊……！」諾亞的手指再度進入後庭內，瑪荷洛的腿不禁顫抖起來。手指開始專心摩擦瑪荷洛體內的敏感帶。

「不要，諾亞學……別再、玩那裡了。」瑪荷洛不願意後庭遭到玩弄，於是抓住諾亞的手想制止他。諾亞停下套弄性器的那隻手，只愛撫後庭裡面。

「摩擦這裡應該很舒服吧。為什麼不要？」諾亞轉著手指磨蹭內部，同時以愉悅的語氣這麼問。

瑪荷洛滿臉通紅，搖了搖頭。舒服是舒服，但一直愛撫那個地方會興起奇怪的感覺，所以他才希望諾亞停手。

「不……！啊！啊！不要再弄、那裡了！」見瑪荷洛扭動腰肢想要站起來，諾亞也跟著起身，倏地將手指埋進深處。瑪荷洛抱住諾亞，不情願地搖著頭。

「不行，我不停。你看你越來越爽快了呀。」

縱使瑪荷洛不願意，諾亞仍繼續以插在體內的手指推著內壁。令瑪荷洛不敢置信的是，就算諾亞不套弄性器，光是愛撫後庭，就能讓自己的性器泌出前列腺液。

「不……！啊……！不行，要射了！」身體變得越來越火熱，瑪荷洛害怕地抓抱著諾亞。諾亞直勾勾地注視著瑪荷洛，身體緊貼著他。

「啊——真想進入你體內……真想把我的巨物插進去，狠狠地衝撞一番。」

諾亞將熾熱的氣息噴吐在瑪荷洛的耳垂上，並且再度套弄起握在手裡的性器。瑪荷洛想像自己被諾亞侵犯的景象，腹部立刻熱了起來。自己分明不是這麼淫亂的人呀。性器遭大掌摩擦，轉眼間變得非常敏感，瑪荷洛的四肢忍不住發抖。

「啊、啊啊……！」浴室裡迴盪著瑪荷洛的尖聲。他在諾亞手中噴出混濁的白色液體，而後綿軟無力地靠在諾亞身上。諾亞這才終於拔出埋在後庭的手指。真不敢相信，愛撫後庭竟能令自己產生快感。才過一個晚上，身體就變得不對勁。

「你真可愛。」

諾亞以熱水沖洗弄髒的地方，並且一再親吻瑪荷洛。瑪荷洛無法靠自己站立，只能暫時抱著諾亞。

洗完澡後，瑪荷洛用鬆軟的毛巾將身體擦乾。至於更換的衣物，諾亞幫他準備了白襯衫、毛衣與長褲。由於頭髮剪短了，瑪荷洛擔心脖頸會露出來，於是諾亞替他圍上領巾遮住整個脖子。諾亞則換上訂製的西裝。據說招待客人時必須穿西裝。

「諾亞學長，你的雙親不在家嗎？我在這裡叨擾，得跟他們打聲招呼才行。」

瑪荷洛詢問穿上外套的諾亞，結果他從鼻子發出一聲冷笑，回說怎麼可能會在這裡。

「這棟別墅是我的。當初是祖父轉讓給我的，已登記在我名下。至於老爸此刻應該正跟大哥一起在倫敦開會吧。」

見諾亞說得理所當然，瑪荷洛頗感震驚。諾亞年紀輕輕，就已經是這棟氣派豪宅的主人呀？占地大到難以估計有幾公頃。

「諾亞少爺，您的朋友到了。中庭已設好宴席。」敲了門走進房間的人，是負責監督諾亞的提歐。見瑪荷洛站起來低頭行禮，他輕輕點頭回禮，然後打開房門。

「走吧。」諾亞率先邁開腳步。

這棟別墅的傭人全都比諾亞還要年長，不過諾亞已習慣命令他人，態度充滿自信與威嚴。雖然嘴巴很壞，但不開口時那道身影與美貌散發著高貴的氣質，吸引旁人服從他。領袖氣質渾然天成。

屋內看起來格調很高，傭人也不少。擦得亮晶晶的走廊與階梯、天花板與牆壁上的精緻裝飾——鮑德溫家也很氣派，不過聖約翰家顯然水準更高。

瑪荷洛跟著諾亞來到中庭，只見現場已準備好桌椅，大餐桌上擺放著三明治、司康、簡餐、水果、熱湯等餐點。正當瑪荷洛心想「以兩人份來說好像太多了」時，遠方傳來呼喚他的聲音。原來是有著一張雀斑臉的朋友從遠處跑了過來。

「瑪荷洛！」

「札克！」見札克飛奔而來，瑪荷洛大聲呼喊他的名字。

札克一身不常穿的西裝，撲上來抱住瑪荷洛。由於學校遇襲那日以後兩人就不曾見面，此次重逢讓瑪荷洛備感懷念，胸口熱了起來。札克看起來很有精神，他用力抱緊瑪荷洛，流下熱淚。

「瑪荷洛，我完全不曉得你出了什麼事，一直很擔心你啊～」

看到札克在哭，瑪荷洛也跟著一起哭。自己分明給札克添了麻煩，他卻一點也不生氣。

「抱歉。你當時有沒有受傷？都是我的錯，真的很對不起。」

他給羅恩軍官學校的學生帶來的災厄，無論怎麼道歉都不夠。就算札克痛恨瑪荷洛也是無可奈何的，但他卻很高興瑪荷洛平安無事。

「你終於被釋放出來了呢。這下子再也不用看到諾亞心浮氣躁的模樣了。真想告訴你，諾亞在學校帶給其他學生多大的恐懼。」從札克後方緩步而來的人是奧斯卡，他先給瑪荷洛一個輕柔的擁抱，而後親吻瑪荷洛的額頭。

「真是苦了你了。」奧斯卡面帶笑容撫摸瑪荷洛的頭。

諾亞繞到奧斯卡背後，往他的屁股踹了一腳。

「很痛耶！」

「別隨便亂碰這小子。」諾亞瞥了一眼發出慘叫的奧斯卡。

「總算重獲自由了嗎？」

跟奧斯卡一起來的人是里昂。他俯視瑪荷洛，表情是一如既往的嚴肅。

瑪荷洛立即低頭道歉，「給學長添麻煩了。」

大概是受邀到諾亞家作客的緣故，除了瑪荷洛以外，所有人都穿西裝。

「瑪荷洛同學。」

接著露面的是校長戴安娜。今天的她頂著粉紅色頭髮，披著黑色斗篷，阿爾比昂就坐在她的肩上。

「校長……」瑪荷洛深深一鞠躬。

校長面露苦笑，將阿爾比昂放在地上。阿爾比昂迅速邁動短腿，偎在瑪荷洛的腳邊。

「我過來看看狀況。嗯……你瘦了很多呢。唉，這也難怪啦……」校長拍了拍瑪荷洛的肩膀，眼神流露出同情。她把手繞到瑪荷洛的背後，輕柔地擁抱他。

「——我應該要更早察覺你的真實身分才對。被人稱為四賢者，卻出了這種紕漏。真是丟人哪。」校長有些自嘲地說。

「亞伯特沒有為難你吧？畢竟他是個頑固的人，我一直很擔心。」校長悄悄地問。看來校長與亞伯特中將似乎是舊識。

「諾亞，謝謝你邀請我參加餐會。這裡的玫瑰園真壯觀呢。假如現在不是冬季就好了。啊，不過這裡有溫室呢。」語畢，校長走向溫室。她是想讓學生們好好地單獨聚一聚吧。

「你喜歡吃三明治對吧？」諾亞在瑪荷洛的盤子裡放上好幾種三明治。

廚師送來巧克力蛋糕與蘋果派，將這些甜點擺到桌上。札克興高采烈地在盤子裡堆滿司康。里昂似乎不喜歡甜食，只拿了咖啡與簡餐。奧斯卡則對桌上的餐點讚不絕口，拿了各式各樣的餐點，他一個人就塞了好幾片蘋果派在嘴裡。

在中庭舉辦的這場餐會氣氛很輕鬆愉快。札克告訴瑪荷洛學校的情況，校長逛完溫室回到中庭後也補充說明。由於學校遭到襲擊，定期測驗便取消了，學生們似乎都鬆了一口氣，暗自慶幸得救了。

「沒看穿瑪莉的真面目，我也有責任。之前她就出現過可疑舉動，所以我有派人暗中監視……但一直找不到正當理由解雇她。」

校長對於自己懷疑瑪莉，卻沒採取對策一事很自責。奧斯卡與里昂之前也對瑪莉抱持厭惡感，得知她其實是間諜後，兩人似乎都恍然大悟。違反門禁那天，要是知道站在湖邊的人是齊格飛與瑪莉，是不是就能改變什麼呢？事到如今說什麼也來不及了，但一想到或許能多救一個人的性命，瑪荷洛就後悔不已。

「有件事我想告訴校長——順便也讓各位知道一下。」

見提歐站到自己的旁邊，諾亞便開口提起話頭。在場所有人的目光都投注在諾亞身上。

「我打算退學。待在那裡沒辦法保護這小子。未來齊格飛仍舊不會放過他

吧。這小子已經是我的人了，身為所有者的我決定跟齊格飛對抗到底。」諾亞嚴肅地宣布這件事，瑪荷洛頓覺錯愕，將喝到一半的茶放回碟子上。

「諾亞學長，你這是……！」

真不敢相信，優秀到足以擔任在校生代表的諾亞，竟然打算退學離開羅恩軍官學校，瑪荷洛登時臉色鐵青。諾亞說出這麼不得了的話來，提歐卻漠然不動站在一旁。主人都說出蠢話了，難道他不必阻止對方嗎？

「……你是認真的嗎？」里昂與奧斯卡的表情都很僵硬，大概是想起克里姆森島遭到襲擊時的慘況吧。至於札克，剛剛喝的茶都從嘴巴流出來了。

「再認真不過。一旦決定了，我就一定會實行。雖然老爸說交給軍方就好，但軍方根本靠不住。昨天設施也遭到襲擊，真是有驚無險。齊格飛手中握有某張王牌──當時瑪莉變成了怪獸。」諾亞詳細描述瑪莉的異變，校長聽了之後勃然變色，抱著頭驚呼。

「我的天，原來是這麼回事嗎……！」校長眼放精光，頭髮一瞬間豎了起來。

「有報告指出，各地發生叛亂時也出現了不尋常的野獸。那恐怕是『獸化魔法』……如果我推測得沒錯，齊格飛跟棘手的傢伙合作了。」校長一副深惡痛絕的模樣低聲說道。

「當初齊格飛消失在森林裡時，我就該預料到事情會演變成這樣。這也是我的責任。是從前的我……未能將邪教團體神國崔尼諦與闇魔法一族斬草除根的我，所該負起的責任。」

（齊格少爺的父親所建立的邪教團體，跟校長有什麼關聯嗎？）

瑪荷洛只能默默聽著校長的說明。

「諾亞，我明白你對瑪荷洛同學的心意，但瑪荷洛同學目前仍受到軍方的監控。退學稱不上是明智的決定，勸你最好別貿然行事。更何況——留在學校，說不定反而能縮短你與瑪荷洛同學之間的距離。」校長看向瑪荷洛，壓低聲音這麼說。

「這是什麼意思……？」

見諾亞探出身子詢問，校長略抬起手打斷他。

「我還沒辦法告訴你詳情。不過更重要的是……瑪荷洛同學，我已經知道你被鮑德溫家收留的經過。你一直都很相信齊格飛吧——你敢跟他戰鬥嗎？」校長眼神犀利地質問。

瑪荷洛一時之間啞口無言。

瑪荷洛已決定不回齊格飛身邊——但是，若問敢不敢跟齊格飛戰鬥，他卻答不出來。那是自懂事以來就一直陪在自己身邊的人；是很珍惜自己的人。無論齊格飛展現出多麼殘酷的一面，他依然無法對齊格飛刀劍相向。

「瑪荷洛。」見瑪荷洛表情僵硬陷入沉默，諾亞語帶不悅地喚他。

雖然很對不起想要保護自己的諾亞，但……自己還是……

「你是個老實人呢。明明可以撒個謊應付一下的。」校長起身抱住瑪荷洛的肩膀，讓他安心。

「現在答不出來也沒關係。今後你的存在不只對軍方很重要，對我們而言也是如此。齊格飛恐怕是嘗了禁果，我們必須查明這件事才行。而且還有另一個重要的問題，是關於你的真實身分。」

見校長話中有話，瑪荷洛頓時感到不安。她想說什麼呢？

「還記得之前我曾問你，是否真的具有鮑德溫家的血統嗎？後來我翻閱古籍，進行調查。你知道這個世上存在著，據說很久以前就已滅亡的光魔法一族嗎？」

光魔法一族……瑪荷洛聽都沒聽過，他困惑地歪著腦袋。話說回來，記得自己從前偶爾會看到光團。那究竟是……？

「目前幾乎找不到有關光魔法一族的資訊。不過，我在古籍當中看到了這樣的記述——他們異常的白，難以在太陽底下生活。」

諾亞與其他人都像是恍然大悟一般，視線全集中在瑪荷洛身上。

「你該不會就是，光魔法一族的倖存者吧？」

瑪荷洛的頭腦消化不了這突如其來的資訊。

「真是這樣的話，也就能明白齊格飛把你放在身邊，並且盯上那座島的原因了。」校長別有深意地看向諾亞。

諾亞像是察知到什麼一般皺起眉頭，回瞪校長。看來這席話裡埋藏著只有他們兩人才懂的暗示。

「齊格飛打算占領克里姆森島。你們知道羅恩軍官學校，為什麼要建在那座島上嗎？因為不光是魔法石，那座島上還藏著這個國家最重要的祕密。齊格飛吃下了那顆禁果。」

瑪荷洛驚訝地仰望校長。校長的頭髮轉眼間變成藍色。

克里姆森島上到底有什麼呢？禁果又是指什麼？

瑪荷洛感覺到，某樣事物已在自己不知道的地方動了起來，不由得感到畏懼。

10 賦禮

令人心情愉悅的阿薩姆紅茶香味撲鼻而來，坐在窗邊座位的齊格飛閉上眼睛。

「請用。」

眼前擺著以百合為主題設計的茶杯，以及一盤剛烤好的司康。齊格飛沉穩地點頭後，便端起冒著熱氣的紅茶啜飲。這裡是位在鄉下村鎮的咖啡廳，店內只有寥寥幾名客人，以及店長與他的女兒。咖啡廳裡的所有人物，全對齊格飛投以崇敬的目光。

——不，當中有一個人露出了不同的眼神。

「話說回來，現在是怎樣？真讓人錯亂耶。我們不是通緝犯嗎？居然在這種咖啡廳裡優雅地喝著紅茶。不過，司康很好吃就是了。」

坐在齊格飛正前方的金髮男子，名字叫做雷斯特・布萊爾，今年二十八歲。手腳修長，總是穿著黑色皮革外套與皮褲。這男人很愛瞎聊閒扯，廢話很多，這點不討齊格飛喜歡。

不過，他很有用處。

「齊格飛大人！」咖啡廳的門遭人粗魯地推開，幾名男子魚貫而入。

這群男人身穿迷彩服，全副武裝。髒兮兮的鞋子踩髒了地板，一群人包圍著齊格飛。儘管氣氛顯得很緊張，咖啡廳裡的客人卻面不改色繼續聊天。看在旁人眼裡，這多半是一幅不協調的情景吧。

「齊格飛大人，對不起。我們沒能奪回瑪荷洛。」帶著懊惱的表情從這群男人之間走出來的是，上圍豐滿、眼神嬌媚的女人——瑪莉。

「回報狀況。」齊格飛啜著紅茶，以平板的聲調喃喃地說。

瑪莉告訴齊格飛，他們突襲拘禁瑪荷洛的軍事設施，卻在最後一步失敗了。因為敵軍當中有人會使用異能，他們打不過對方。

「哦～是那個嗎？獨立魔法？」雷斯特嚼著司康，雙眼發亮興致勃勃地問。

「多半是……雖然不曉得是什麼異能，但我們所拿的機關槍被壓扁了，看起來就像是移動了空間。那名異能者是諾亞．聖約翰，齊格飛大人應該認識他。」

齊格飛的腦海裡，浮現一名就讀羅恩軍官學校、小他一屆的青年。他們同為魔法社的成員，交談過幾次。那男人有著令人著迷的容貌與能力。他跟齊格飛合不來，兩人關係並不親近。

「當時應該把學生全都殺了。」齊格飛望向窗外這麼說。

由於昨晚下起雪來，村裡的樹木與房屋都染成了白色。可惜瑪荷洛不在這裡，否則心靈就能得到慰藉了。那孩子的雪白身影能夠滋潤心靈。

「跟我們一樣，能夠使用獨立魔法呀。好極了，真讓人興奮呢。不過，沒把瑪荷洛搶回來可是一大敗筆。不是說有那孩子在，魔法的威力能增加幾十倍嗎？」雷斯特一面在司康上塗抹凝脂奶油一面笑道。

「話說回來——那天重逢時，為什麼不使用你的能力？齊格飛，如果動用你的獨立魔法『人心操縱』，應該能讓瑪荷洛乖乖聽話吧？」雷斯特語帶刺探地問，齊格飛默不作聲，凝視著外頭的雪。

就算不動用魔法，瑪荷洛也是自己的人。動用獨立魔法的話，只會製造出一個不會忤逆自己的人偶，這樣就沒意思了。

試圖占領克里姆森島時，瑪荷洛魔力失控一事其實不在齊格飛的意料之中。這要歸咎於發起行動的時間比原先計畫的久。本來他打算在瑪荷洛入學後不久就展開行動，但招足計畫所需的馴龍師費了一番工夫。就是這個緣故，才讓瑪荷洛在學校結交了朋友，被無謂的思想所迷惑。

虧他多年來一直灌輸瑪荷洛只能為他而活。

「諾亞說……瑪荷洛已經是他的了。那小子竟敢對齊格飛大人出言不遜——」還沒說完的話當即消失在喉嚨裡，瑪莉臉色鐵青跪了下來。

咖啡廳內響起陶器的破碎聲，現場頓時鴉雀無聲。

「非、非常抱歉！是諾亞要我轉告您的！」齊格飛揮手掃開破掉的茶杯，紅茶沿著桌面流動，滴滴答答落到地上。

「齊格飛大人，我馬上就來收拾。」店長的女兒帶著渙散的眼神走了過來，動手收拾弄髒的地板與破裂的茶杯。

黑暗汙濁的情感在心中蔓延開來，甚至令齊格飛感到酣暢。那個男人搶走了自己珍惜疼愛的掌上明珠嗎？假如此刻，那男人就在眼前，自己肯定會動用魔法，先將他變得醜陋不堪再叫他自盡。

「齊格飛，大家都很害怕。收斂一下你的戾氣。」雷斯特一副很受不了的態度打了個響指。

正巧此時門鈴搖響了，一名身穿制服的警察走進咖啡廳。警察一看到齊格飛他們便瞪大雙眼，伸手掏槍——但是，當他的視線迎上齊格飛時，手臂卻無力地放下來，接著露出不自然的笑容走了過來。

「您好嗎？有任何需要，請儘管吩咐我。」他向齊格飛擺出警察的敬禮手勢，然後坐到吧檯座位上。

齊格飛已掌握了這個村子所有居民的心。無論是誰，都很樂意為了齊格飛豁出性命吧。

「得把我可愛的白髮魔法師搶回來才行。」齊格飛啜著新送來的紅茶，如此宣布。礙事者就一個不留地全部解決吧。

愉快的饗宴開始了。

後記

新舊讀者大家好，我是夜光花，這次很榮幸推出了新的系列。開啟這個系列的最初動機，是撰寫前作系列的配角——梅林的魔法場景時，我寫得欲罷不能，很希望還有機會能夠盡情寫個夠。

不過實際動筆卻發現，建立世界觀真的很累人，對責編來說這應該是件相當繁重的工作。因為我常憑感覺寫文，多虧有責編才能將各種設定化為具體的世界觀，真是對不起他。這次回頭比對初稿，發現故事一直在修改，改到幾乎看不出最初的樣子了。

不僅換了攻，受也變得不一樣，內容同樣做了更動……不過我覺得修改過後，故事變得更精采了。在最初的設定中，里昂才是攻，諾亞則是負責試探攻受心意的煙霧彈喔！最後我把心一橫變更了這項設定，不知道各位讀者覺得如何呢？

我還有很多想寫的東西，如果這個系列能得到大家的支持，我會很高興的。話說回來，動筆之前我本來以為，這會是一篇攻受在魔法學校親熱放閃的故事，沒想到才第一集瑪荷洛就被趕出學校了。

這次很感謝奈良千春老師願意接下插畫工作。諾亞真帥，收到角色草稿時我整個萌心大發。瑪荷洛也很可愛，讓人浮想聯翩。另外制服也完全符合我想要的感覺，真的很開心！

這次的故事有許多配角，所以應該能盡情欣賞奈良老師的美圖才是。提歐、奧斯卡、里昂以及齊格飛都各有特色，真教人心花怒放。我很喜歡戰鬥中的男人，能靠奈良老師的插畫想像戰鬥場面，實在很讓我感動。期待下回的合作。

感謝責編幫我把籠統模糊的設定，建構成具體且明確的世界觀。我會加油的，之後還請多多關照。

感謝各位讀者閱讀這本書，如果大家能告訴我感想，我會很開心的。這是我的嘔心瀝血之作，希望各位都能喜歡這個故事！衷心期盼我們能在下部作品再次相見。

夜光花

夜光花　官方網站　http://yakouka.blog.so-net.ne.jp/

給臺灣讀者的話

大家好，我是夜光花，非常感謝大家入手《烈火的血族》臺灣版。臺灣是我非常喜歡的國家，所以能在這裡出版作品真的非常高興。

血族系列的世界觀中，有著一座能夠學習魔法的學院，而主角瑪荷洛則是一名擁有神秘力量的柔弱系青年。故事除了敘述瑪荷洛被隱藏的身世祕密之外，還牽扯到了他過去曾經服侍、現在卻意圖毀滅國家的主人，以及在學院裡意外結識的俊美前輩，兩人都對瑪荷洛異常執著。

因為只有貴族能夠使用魔法的緣故，故事中也能見到刀劍和槍械方面的戰鬥，希望大家都能在華麗又奇幻的ＢＬ世界中得到無比樂趣。另外，也希望大家能夠一同享受將這個世界描繪得如此豪華的、奈良千春老師的插圖。

今後，也請大家多多支持血族系列。

國家圖書館出版品預行編目資料

烈火的血族 / 夜光花作 ; 王美娟譯. -- 一版. --
臺北市 : 城邦文化事業股份有限公司尖端出版 :
英屬蓋曼群島商家庭傳媒股份有限公司城邦分公
司尖端出版發行, 2021.10
面 ; 公分
譯自 : 烈火の血族
ISBN 978-626-316-042-2(平裝)

861.57 110012760

藍月小說系列

烈火的血族

(原名:烈火の血族)

作者／夜光花 繪圖／奈良千春 譯者／王美娟
榮譽發行人／黃鎮隆

出 版／城邦文化事業股份有限公司 尖端出版
台北市中山區民生東路2段141號10樓
電話：(02) 2500-7600
傳真：(02) 2500-2683
E-mail：7novels@mail2.spp.com.tw
發 行／英屬蓋曼群島商家庭傳媒股份有限公司城邦分公司 尖端出版
台北市中山區民生東路2段141號10樓
電話：(02) 2500-7600 (代表號)
傳真：(02) 2500-1979
中彰投以北經銷／楨彥有限公司（含宜花東）
電話：(02) 8919-3369
傳真：(02) 8914-5524
雲嘉經銷／智豐圖書有限公司 嘉義公司
電話：(05) 233-3852
傳真：(05) 233-3863
客服專線：0800-028-028
南部經銷／智豐圖書有限公司 高雄公司
電話：(07) 373-0079
傳真：(07) 373-0087
一代匯集／香港九龍旺角塘尾道64號龍駒企業大廈10樓B&D室
電話：(852) 2783-8102
傳真：(852) 2582-1529
E-mail：hkcite@biznetvigator.com
新馬經銷／城邦(馬新)出版集團Cite（M）Sdn. Bhd.
E-mail：cite@cite.com.my
法律顧問／王子文律師 元禾法律事務所
台北市羅斯福路3段317號15樓

2021年10月1版1刷

郵購注意事項：
1.填妥劃撥單資料：帳號：50003021戶名：英屬蓋曼群島商家庭傳媒(股)公司城邦分公司。2.通信欄內註明訂購書名與冊數。3.劃撥金額低於500元，請加附掛號郵資50元。如劃撥日起 10～14日，仍未收到書時，請洽劃撥組。劃撥專線TEL：(03)312-4212 ・ FAX：(03)322-4621。E-mail：marketing@spp.com.tw